駅伝ランナー

佐藤いつ子

角川文庫
19409

目次

駅伝ランナー

リレー

1

「もっと地面を蹴《け》り出せ。ももを高くあげろ！」

ひとけのない中央公園に、父さんの声がひびいた。

中央公園には広いグラウンドがある。週末は地域の野球やサッカーのチームが使っているが、夕やみがせまった今、昼間のにぎやかさはうそみたいに、ひっそりしている。

百メートルを五本走った走哉《そうや》の息は、すっかりあがっていた。両手をひざについたまま肩を上下させていると、眉間《みけん》にしわをよせた父さんが近寄ってきた。

「走哉は背が高いんだから、もっとストライドを広くとれ。何度も言ってるだろ」

ストライドというのは、歩幅のことだ。走哉は返事をするかわりに、父さんのあごのあたりを見上げた。

「いつもより少し大またのつもりで走れば、ももだって自然と高くあがるんだ」

身長が一九〇センチ近くもある父さんの声が、頭上にふってくる。

「それから大事なのは目線だ。足が遅いやつっていうのは、たいがい下を向いて走ってる。ずっとまっすぐ前を見て走れば、必ずタイムがあがる」

次々に言われるいろんなことが、走るたびに頭からあふれ出して、ぽろぽろと落ちていく。

「さ、次はスタートダッシュの練習だ。スタートダッシュこそ、短距離の命だからな」

父さんはそう言いながら、つま先で地面に線を引いた。

公園の向こう側には、真っ白いマンションがぼんやりうかんでいる。同じクラスの陸《りく》が住んでいるマンションだ。

ふたりでハマっているゲームのことが頭をよぎった。陸は今ごろ、新しいモンスターの攻略中だろうか。

「ハイ！　位置について」

走哉の思考をさえぎるように、父さんは強い口調で言った。

スタートダッシュを七本やり終えたとき、公園の外灯がいっせいについた。その中を自転車が突進してきた。

「お父さーん。お兄ちゃーん。もう夕ごはんだから、お母さんが帰っておいでって」

妹のひらりだ。

ひらりは走哉たちの目の前で急ブレーキをかけた。ポニーテールの髪先が勢いよくはねる。ひらりのほおは、青白い外灯に照らされても、ピンク色に上気している。

これでやっと帰れるかと思って、父さんに気付かれないように、こっそりため息をついた。

「ひらりも明日《あした》の体育で、短距離のタイム計るんじゃないのか？　そのタイムで運動会のリレー選手決まるんだろ？」

父さんは人が入れかわったみたいなやさしい声で、ひらりに声をかけた。

「うん。そうだよ」

ひらりが首をかたむけた。

「じゃ、ひらりもスタートダッシュの練習やってくか」

「ううん、いい。今のクラスだったら、わたし、楽勝でリレ選になれるし」

学校では、リレー選手のことを、リレ選と略していう。ひらりの鼻の穴がふくらんだ。

「自信たっぷりだな」

父さんは苦笑した。

父さんは高校時代、スプリンター（短距離選手）としてインターハイに出場した。大学でも陸上を続けていたが、足首の故障で選手としては断念したらしい。

ひらりは、小学三年生。

運動神経は抜群だ。

走哉が苦労して乗れるようになった自転車も、ひらりは幼稚園の年長の頃にはたいして練習もせずに、補助輪なしで乗っていた。

逆上がりもいつの間にか出来ていたし、それに何より足が速い。小学校にあがってからは、毎年リレーの選手に選ばれている。

六年生の走哉は、いまだかつてリレーの選手になったことがない。

「走哉、ラスト三本やるぞ」

ひらりの前で練習するのは、気が進まなかったが、そんなこと口には出来ない。

首を回したり、両腕をぐるぐる回して時間をかせいでいたら、ひらりはいつの間にか、公園のすみにある大きなけやきの木に自転車をつけて、木登りを始めていた。

家までの帰り道、父さんが口を開いた。

「こんな、にわか練習じゃ、効果ないかも知れないけど、やらないよりはマシだからな。明日の百メートル走、がんばれよ」

走哉は父さんと、一ヵ月前くらいから週末の夕方に、短距離走の練習をしてきた。

「うん……」

走哉は力なく返事をした。

確かにリレ選にはなりたいと思う。かっこいいし、運動会のヒーローだ。あこがれ、かも知れない。

でも、おれがリレ選なんて、ちょっと大それてないか？　それに本当にそんなになりたい？　父さんを喜ばすため？

リレ選って、実はなんだかちょっとピンとこない。

翌日の三時間目の体育で、百メートル走の計測が予定通り始まった。名前の順番で、走哉は康介《こうすけ》と走る。

康介はサッカー少年で運動ができる。去年は同じクラスではなかったが、確かリレー選手に選ばれていたと思う。

ひざをかかえて地面に座り、順番を待つ。

ももを高くあげること、ストライドを広くとること、もっと気をつけることがあったはずだけど、思い出せない。

となりの康介をちらりと見ると、まっすぐ遠くの空を見ていた。今日はうす曇りで、灰色なのか水色なのか、はっきりしない空だった。

「おぉ、はやー」

まわりからどよめきが起こり、トラックに目をうつすと、ヒロシがいっしょに走っている走者をぶっちぎって、ゴールするところだった。

「今年のリレ選は、ヒロシかな」

「いやぁ、康介もいるしね」

だれかが言ってるのが聞こえる。

顔を動かさずに目だけでとなりを見た。

自分のことを言われているのに、康介はやっぱりまっすぐ遠くを見たまま、体育座りした置物みたいにかたまっていた。

いよいよ、走哉の順番が回ってきた。

スタートラインに立ったとき、おでこに風があたって、前髪がふわりとういた。

さっき思い出せなかったことが急によみがえった。

まっすぐ前を向いて、ゴールラインの先まで駆けぬけること。

「位置について。よーい、スタート!」

先生のかけ声とともに、いい感じのスタートダッシュが切れた。

前に! 前に!

ゴールの先に見える正門に目線を固定して、ただただ走った。肩を並べて走っていた康介のことなど、全く気にならなかった。ひとりで無心に走った。

そして、走哉の方がちょっとの差で、康介より先にゴールラインを駆けぬけたことを、あとから知った。

「走哉、すごいよ。康介より速かった」

走り終わった列に並ぶときに、陸が走哉の肩に手をかけて、そっと耳打ちしてきた。

走哉は言葉がすぐに出てこなかった。まぐれだよ、とも言いそびれた。陸の息のくすぐったさが、耳の奥に残っている。

……もしかしてもしかしたら、リレ選が大それたことじゃなくなるかも知れない。

去年リレ選だった康介より、速かったんだ。

心臓が波打っているのは、走り終わって息が苦しいからだけじゃない。タイムはその場で教えてもらえず、帰りの会のとき、先生から選手の発表をされることになっている。

こぶしに力がこもった。

2

午前六時。

走哉は運動靴のかかとをふんだまま、そっと玄関を出た。ひんやりした空気が体全体を包みこむ。思わず、Tシャツから飛び出した両腕をさすった。

十月に入って、きびしかった残暑がうそのように、涼しくなった。運動会は一週間後にせまっている。

運動靴をひきずるようにして通りの角までくると、ようやく腰をかがめた。かかとを押しこみ、靴ひもをきつくしめる。

ひらりのやつ、やっぱり起きられないじゃないか。

ひらりを極力起こさないようにそっと出てきたくせに、心の中ではひらりのことをなじった。

リレー選手決めの百メートル走が終わった翌日から、走哉は父さんに言われて、早朝ランニングを始めた。

体力をつけること。それが走哉の一番の課題らしい。

結局、リレー選手にはなれなかった。かすりもしなかった。

走哉のクラスからは、ヒロシとかおりが選ばれ、男子の補欠は、スポーツが出来る印象もない、山田くんという意外な伏兵だった。

先生の口から山田くんの名前が出たとき、ヒロシのとき以上にクラスがわき立った。山田くんは「えーっ」とひときわ大きな声を上げていきなり立ち上がり、そして真っ赤になってあわてて座った。その様子にまた盛り上がった。

こっけいで、でもほほえましい山田くんの様子に、走哉もみんなといっしょに笑おうとしたが、笑った顔にはならなかった。笑おうとすればするほど、顔だけでなく胸もひきつった。

ひらりは、当たり前みたいに、リレー選手に選ばれた。

昨日の夕飯のときも、またその話題になった。

「わたしもお父さんみたいに、陸上の選手になろっかなぁ」

父さんの真っ黒に日焼けしたこわもてが、でれでれにくずれた。

「ハハハ。そんなに簡単になれるものか。陸上は才能だけじゃダメだ。陸上ほど地道な努力が必要なスポーツはないんだぞ」

才能とか努力とか、そんな言葉が走哉の胸にいちいち刺さる。

「じゃぁ、わたしも明日《あした》から、お兄ちゃんと朝いっしょに走る」

「そうだな。リレーに向けて、しっかり練習しないとな」


軽く屈伸をしたり、足首を回したりしたあと、走り始めた。まずは中央公園に向かってまっすぐ走る。やや上り坂だが、まだ走り始めなので苦しくはない。アスファルトを蹴《け》る音が、静かな住宅街に吸い込まれていく。中央公園まで約八百メートル。公園に入ると、ペースダウンして息が整うまで、歩く。

走っているときは、走りに集中していたのに、歩き始めるといろいろなことが頭をよぎりだす。

康介にせり勝ったとき、陸が「すごい」って言ってくれた。あのとき、少しでも期待してしまった分、いっそうみじめさが増した。

康介に勝ったのは、本当にまぐれだったのだろう。

父さんの運動神経は、きっとおれを素通りして、ひらりにだけ遺伝したんだ。

なのに父さんは、努力が足りないっていつも言う。

奥歯に力がこもった。心の中のもやもやが出口を失って、胸の中が苦しくなる。

ハッと腕時計を見ると、中央公園に入ってから十五分も経っていた。

中央公園の内周は約四百メートル。いつもは、この内周を二周走る。走哉はあわてて走り出した。

吸って、吸って、はいて。

吸って、吸って、はいて。

呼吸に集中すると、走りに集中できる。余計なことは考えなくてすむ。

二周走り終えると、ほとんど休けいせずに帰路を走り出した。やわらかな朝日が目に入り、帽子のつばをクイッと引いた。

家に帰ると、パジャマ姿のひらりが母さんにまとわりついて、ぐずっていた。

「わたしもいっしょに走るって言ったのにぃ。お兄ちゃん、起こしてくれなかったぁ」

ひらりは、母さんの腰にだきついて前後にゆさぶった。母さんは、ちょっぴり困ったような、なかばあきれたような顔をしながら、ゆさぶられるがままになっている。

「起こしてくれなんて、たのまれてねぇし。自分で勝手に起きろよ」

すれ違いざまにつぶやいた言葉を、ひらりは耳ざとくキャッチして、大げさに泣き始めた。

「どうした、ひらり」

ネクタイをしめながら、父さんが顔を出した。

「あ、お父さーん」

母さんが加勢してくれそうにないのが分かると、ひらりは父さんのもとへかけ寄った。

チッ、めんどくせぇ。

走哉は着替えるために、二階の自分の部屋へかけ上がった。

3

運動会の日は、おだやかな秋晴れで、木の葉をゆらす風さえ吹いていなかった。

朝、外に出て、まばゆすぎる太陽に、走哉は顔をしかめた。せっかく小学校最後の運動会が始まるというのに、学校へ向かう足取りは重い。

午前中、六年生は百メートルの徒競走があった。走哉は六人中三位で得点順位に入ったが、特段うれしくもなかった。

ゴールラインの向こうには、ビデオをかまえている父さんがいるかと思うと、走る前から気合がそがれた。

たんたんと競技は進み、午前中最後の種目、低学年リレーが始まった。

ひらりは、赤チームのアンカーを走る。

おでこに真紅のハチマキをきゅうきゅうにしめたひらりが、ほかのリレー選手たちといっしょに、かけ足で入場してきた。足がはずむたびに、ポニーテールの髪先がぽんぽんと上下している。

走哉の学校では、各学年四クラスずつある。それぞれの学年で一組は赤、二組がピンク、三組は白、四組はブルーのカラーにわかれている。リレーでは、学年を通して同じ組同士、つまり同じカラーでチームを組むことになる。

いよいよ赤、ピンク、白、ブルーの第一走者の四人が、スタートラインに並んだ。選手ひとりひとりの緊張が、運動場全体につたわり、全員の目がトラックに集中した。

すっと音が消えてしまったような運動場に、ピストルの音が鳴りひびいた。

最初から、赤とブルーのすさまじい接戦で、走者ごとに一位と二位の順位が入れ替わるようだった。

そして六人目の赤のアンカー、ひらりにバトンがわたるとき、バトンパスが一瞬もたついた。そのすきをついて、ブルーのアンカーが一歩前に飛び出した。

アンカーを走っているのは、ひらり以外みんな男子だ。息がつまった。

ひらりはたった八十メートルの短い距離の中、前をいくブルーのアンカーにくいつくように追い上げた。そして最後の直線で並ぶと、そのまま一気にゴールを駆けぬけた。

走哉の位置からは、ふたり同時にテープを切ったかに見えた。

その少しあとで、ゴールラインにいた先生が、ひらりの右腕を高くあげた。

運動場中が大きな歓声と拍手につつまれた。

「ひらり、やったね」

知らずのうちにそばに来ていた陸が、つぶやくように言ったとき、ホッとはしていても、喜んでいるわけでもないことに気付いた。

走哉の目が宙を泳いだ。

「ねぇ走哉、問題です。ぼくんちの今日の弁当には、何が入ってるでしょう？」

陸はときどき、とっぴょうしもないことを言いだす。

「さぁ」

走哉は気のない返事を返した。

「ヒント。卵料理です」

陸がにやにやしている。

「ふつう、弁当といえば卵焼きでしょ」

走哉はめんどうくさくなって、ぶっきらぼうに答えた。

「それが違うんだよね。うちのは卵揚げなんですねぇ」

「えっ？　卵を揚げちゃうの？」

陸は、チッチッチと言いながら、人差し指を左右に振った。

「油揚げあるでしょ。あれをおいなりさんみたいに袋にして、そこに生卵を割れないようにそっといれる。そして、つまようじで口をとじてフライパンで焼くと、卵揚げの出っ来上がりぃ！」

「そんなのはじめて聞いた」

走哉が目をまるくすると、

「でしょ。うちのお母さんが考えたの。しょうゆをかけて食べるとうまいんだぁ」

「マジ、うまそう」

「じゃ、あとでぼくのところに来て。ジャングルジムのあたりにシート敷いてるから。走哉の分、とっといてあげる」

運動場には、昼食のアナウンスが流れた。子どもたちは保護者のところにいって、それぞれ弁当を食べる。

走哉は陸と別れると、父さんたちがシートを広げているところに向かった。じょじょに深くなっていく水の中を進むように、足が重たい。

シートには、もうひらりが来ていて、父さんはごつい手でひらりの頭をゆすぶっていた。母さんの目も、うるんでいるように見える。

父さんとひらりが、さっきのリレーの話を声高に話している。走哉はブルーチームの走者が近くにいないか気になって、あたりを見回した。

三段重ねの、ものものしい黒い重箱に入ったお弁当が広げられた。

こんなにたくさん作るために、母さんは朝四時前から起きて準備をしている。ぎっしり詰められた色とりどりのおかずに、母さんには悪いが、うんざりした。

あまり食欲がわかない。

運動会の重箱弁当――父さんの子どものころからの風習らしい。

父さんが育った家は、あまり裕福ではなかったそうだが、運動会のときだけはりっぱな重箱弁当が出た話を、何度も聞かされてきた。

きっと大活躍の息子のために、おばあちゃんが一生懸命作ったのだろう。

「運動会の卵焼きっていうのは、もっと甘いもんだ」

卵焼きをほおばった父さんが、文句をつけた。

今までは当たり前に喜んで食べていたけど、父さんが自分の思い出のために、母さんに作らせているかと思うと、今年はちっとも盛り上がらなかった。

父さんが言っている卵焼きは、おばあちゃんが作った卵焼きの味じゃないか。

「おれ、甘い卵焼きって苦手だし」

走哉がそっけなく言うと、母さんは、からあげやたこウィンナーがたんまり入った弁当箱を、目の前ににゅっと差し出した。ブロッコリーや輪切りにされたオレンジが、いろどりよく飾られている。

「走哉。とりのからあげ好きでしょ。食べなさい」

「あぁ」

食が進まなかったが、走哉は仕方なく、はしで一つつまんだ。

「午後からは騎馬戦があるわね。六年生はこれが楽しみよね。走哉、がんばってね」

「がんばるって言ったって、おれ馬だし」

「あら、馬は大事じゃないの」

「それはそうだけど」

「走哉の馬には、だれが乗るの？」

「陸」

「陸くんね。すばしっこそうね」

母さんの右のほおにえくぼが浮かんだ。昔はもっとやせていて、じまんのえくぼだったらしい。きっと、もっとくっきりしていたのだろうが、今は申し訳程度に浮かんでいる。

「あんまり」

「そうなの？　練習のときはどうだった？」

「いつも初戦敗退」

「練習と本番は違うから。ファイトファイト」

母さんが盛り上げてくれようとしているのはわかるけど、いたいほどに空振っている。

走哉はからあげを飲み込むと、

「ちょっと陸のところ行ってくる」

と、立ち上がった。

「もう食べないの？」

母さんが心配そうに首をかたむけた。

「あ、ちょっと、からあげ二個いい？」

「いいけど」

「陸とおかず交換してくる」

「え？　おかし交換じゃなくて？」

走哉はふっと笑って、重箱のふたにからあげをのせると、陸のシートに向かった。

間もなく騎馬戦が始まる。騎馬は三人で組む。背の高い走哉は真ん中の馬で、左右にひとりずつ。上に乗るのは、こがらできゃしゃな陸だ。

一騎ずつ前に出て戦う一騎打ちが始まった。しゃがんで順番を待っているあいだ、走哉の両肩に手をおいた陸が、後ろから耳に顔を近づけてきた。

「走哉、卵揚げうまかった？」

「うん。めちゃウマ」

「走哉んちのからあげも、おいしかったよ。ジューシーで」

「だろ」

「あーあ。これで、走哉の馬に乗れるの最後かと思うと、残念だなぁ」

「陸、騎馬戦好きだったの？」

「実はね。ぼく、チビだからさ、高いところから見下ろすのって、めちゃ気持ちよかったんだよね」

「いつもすぐ終わっちゃうけどな」

「そうなんだよ。そこなんだよ」

走哉たちの順番が近づいてきた。

「なぁ」

走哉は急に思いついて、首だけ後ろに向けた。

「いつも通りやってても勝てないから、ぶっつけ本番だけど、右から回りこんでみようぜ」

「でもさ、一騎打ちだと、どうしても相手と向き合うことになるんじゃないの？」

右後ろの馬の山田くんが言った。

「向き合っておたがいに手を組みそうになったときに、おれが声をかけるから、そこで急に方向を右に変えるんだ」

「うんうん」

陸が力強くうなずく。

「相手が驚いてるすきに、陸、帽子取れよ」

「よーし、なんかやる気出てきたね」

「走哉、なんて声かける？」

左後ろの馬の安西《あんざい》くんも乗ってきた。

「そうだな。行くぞって言うよ」

いよいよ走哉たちの番が回ってきた。

できるだけ陸が高い位置にくるように、走哉は深く息を吸いこんで、いつもより胸をぴんとそらせた。

走哉たちの騎馬と相手の騎馬がじりじりと近づいていった。向き合って少し間があり、始まりの笛が鳴ったとたん、相手が陸と組もうと両手を伸ばしてきた。

「行くぞ！」

その手を振り払うかのように、たちまち走哉の馬は右に回りこんだ。相手の一瞬のすきをつき、やみくもに両手を回して帽子をつかもうとする陸を、三人の馬はよたつきながら必死で支えた。

相手の馬も、あわててこちらに向きなおろうとしている。

陸、早く。早く取れ!

陸は相手の馬におおいかぶさるようにして、帽子をつかみ取った。陸が右手に高々と帽子をかかげるのとほぼ同時に、馬もくずれ落ちた。

騎馬戦では先にくずれ落ちると負けになるが、その前に帽子を取っていたら話は別だ。

微妙な勝負に、少しのちゅうちょがあったが、先生は相手の旗を上げた。

「くっそー」

走哉がくちびるをかむと、

「今の、おれら勝ってたし」

と、山田くんや安西くんも口ぐちに文句を言った。

引き上げる途中、陸は興奮気味に言った。

「でも、楽しかったね。相手の帽子取ったのも、ううん、帽子にさわったのも初めて。それに今日の馬、今までで一番高かったと思うよ」

「かもな」

馬たちの顔にも笑みがもどった。

やがて、運動会のクライマックス、高学年リレーが始まった。

これでやっと運動会が終わる。

走哉は両腕をいすにだらりとさげて、ぼんやりトラックをながめていた。

走哉のクラスのカラーは白で、今のところ三位だ。やがて、アンカーのヒロシにバトンがわたると、クラスじゅう大歓声に変わった。

その瞬間、電気が走ったみたいに背筋がのびた。

ヒロシの走るフォームは、頭の先からつまさきまで、ななめまっすぐ一本、軸が通っているみたいだった。決してぶれない。

腰からはえているような長い脚は、規則正しく超高速回転していて、蹴《け》りあげるもは、胸の近くまで引き上げられている。

こんなにかっこよく、こんなにきれいに走る小学生を初めて見た。父さんが言っていた理想の走り方そのものだった。

ヒロシはぐんぐん差をつめ、あっという間に二人抜いてトップに躍り出たかと思うと、さらに二位との差を引き離していった。

「ヒロシ、すごいなぁ。あいつは短距離も長距離も抜群だ」

となりに座っていた康介も、うなるように言った。

ヒロシはいつも上から目線で苦手だけど、この走りは心からすごいと思った。

白チームは断トツで一位。

クラスのみんなは総立ちになって、たがいに手を合わせたり、バンザイしたりしている。

空をあおぐと、飛行機雲が一本、まっすぐななめに線を引いていた。

運動会が終わった。

駅伝大会

1

吸って、吸って、はいて。

吸って、吸って、はいて。

走哉の口から、規則正しく吐息がもれる。

運動会が終わって一週間ほど経った今も、走哉は早朝ランニングを続けている。

最初のころは、中央公園に着くと、息が整うまでだいぶ歩いて休けいしないと、内周を走り出せなかった。でもこのごろは、歩く時間が短くなった。

たかが数週間続けただけでも、少しずつ変わってきたのを実感できる。短距離を練習していたときには、ほとんど感じられなかったことだ。

かかとから着地して、母指球から蹴りだすこと。母指球というのは、親指の付け根のふくらんだところだ。かかとから着地するのは、少しでも体力を無駄にしないためらしい。

ゆうべ父さんから聞いた、長距離の走り方だ。

かかとから着地するというのが、どうもうまくいかない。ぼんやりしていると、つい つまさきで走っている。

中央公園に着くと、かかとから着地するのを意識しながら歩いてみた。歩きにくいが、次の一歩をふみだすとき、はずみがついているような、ふくらはぎの筋肉がうまく使われているような感じがする。

走哉は、昨日の父さんとの会話を思い出した。

「ランニングには、ピッチ走法とストライド走法っていうのがあってな」

「ピッチ？」

「ピッチっていうのは、脚の回転のこと。ピッチ走法は歩幅を小さめにして、その代わりに脚の回転を速くする走り方。ストライド走法っていうのはその逆で、歩幅を大きくとる走り方だけど、その分ピッチは遅くなる」

父さんの声は、次第に熱を帯びた。

「なるほどね」

「つまり、スピードっていうのは、ストライド×ピッチになるわけだ。自分にとって最適なストライドとピッチを探すのが、意外と難しい」

ただばくぜんと走っているより、いろんなことを意識して走るほうがいい、と父さんは真剣なまなざしを向けてきた。

走哉は、中央公園の内周を少し大またに走り出した。なんだか、さっきより速く走れている気がする。もっと歩幅を大きくしてみると、今度は体が左右にぶれ出した。歩幅をもとに戻し、腕を強く振れば、自然と加速してくる。

ボールを使ったり、ラケットを持ったりするわけではなく、ただ自分の足を動かして走る。それだけなのに、ランニングフォームひとつで、走りも変わる。

自分の体と会話しているような、初めての感覚だった。

最初は、父さんに言われて始めた早朝ランニングだった。やらされていたはずのランニングだった。

それが、少しずつ体力がついてきたと自分でも分かるようになると、今度はもっと速く走りたい、もっと長く走り続けるにはどうしたらいいんだろう、と思うようになった。

あっという間に二周走り終えた。

もっと、走っていたい。

走哉は腕時計をちらりと見ると、舌打ちして公園をあとにした。


その日の学校の帰りの会のとき、先生から一枚のチラシが配られた。そのままランドセルに放りこもうとした手が、一瞬止まった。

『磯田《いそだ》区駅伝大会のお知らせ』

走哉の目は『駅伝』という文字に釘付《くぎづ》けになった。

ヒロシが大声で康介を呼んだ。

「康介、今年も駅伝大会、いっしょにエントリーしようぜ」

「おう！　今年こそ優勝ねらおう」

康介がかけよると、ヒロシは康介の肩に、おおいかぶさるように腕をまわした。

去年の駅伝大会で、強豪メンバーをそろえたヒロシや康介たち四人は、五年生の部で三位に入賞した。

学校の全体朝礼でも表彰されていた。朝礼台の上で、はにかみながら、でもほこらしげに賞状を受けとっていた、四人の姿が思い出された。

「去年のメンバーで出ようぜ！」

「よっしゃ、大樹《だいき》とジュンも誘わなきゃ。大樹たち、まだ帰ってないよな」

ヒロシはそわそわして、後ろの出口からろう下に顔を出し、となりのクラスの様子をうかがっている。落ち着かない教室に、しびれを切らした先生が声を上げた。

「駅伝大会は学校行事ではないから、出場する人は、保護者の方に直接申し込んでもらってください。日直さーん、さよならのあいさつお願いします」

あいさつが終わると、ヒロシと康介は一番に教室を飛び出した。クラスの他の子たちがぱらぱら帰っていっても、走哉はまだチラシをにぎりしめていた。

開催は十一月三十日。まだ一ヵ月以上ある。

六年生の駅伝は、一人二キロで四区間走ることになっている。

早朝のランニングでは、全部で二キロ半ほど走っている。今は途中で歩いているけど、これからもっと練習すれば、二キロならがんばれる気がする。

体じゅうの血が勢いよく流れだした。

「走哉、早く帰ろうよ」

いつもいっしょに帰っている陸が、チラシをのぞきこんだ。

「何、走哉。駅伝？」

走哉はパッと顔を上げた。

「ねぇ陸、いっしょに出ない？」

陸がきょとんとする。

「まさかぁ。ぼくが超インドア派のゲーマーだって、走哉が一番よく知ってるじゃない。苦しい思いして走るなんて、信じられない。ありえましぇーん」

陸はおどけて、首をすぼめてみせた。

「それに走哉だって、やっぱゲーマーでしょ」

毎朝走っていることを、陸には言っていない。走哉は口をつぐんであいまいに笑うと、チラシをランドセルにおしこんだ。

家に着いてから、自分の部屋でもう一度チラシをすみからすみまで熟読した。去年は興味がなかったから、多分母さんにもわたさずに捨てたんだと思う。

父さんに余計なものを見せて、むりやり出場させられるのが、いやだったのもある。

でも、今年は……。

「出たい」とはっきり思うのが、怖いような気がした。それに、駅伝は一人では出られない。

ヒロシたちはもうチームを組んでいる。そもそも、あのチームに入るなんて、おそれおおい。でも、たのみの陸にはきっぱり断られてしまった。

走哉は、部屋にかかっているカレンダーを見つめた。

明日《あした》学校に行ったら、ほかでメンバーをあたってみよう。母さんに話すのは、それからでいい。

エントリーの締め切りまでは、まだ日がある。走哉はチラシをきれいに折りたたんで、机のひきだしにしまった。

翌朝、学校に行くと、走哉は勇気をふりしぼって、何人かに声をかけてみた。でも、たいてい陸のような反応がかえってきた。

「走哉が出るの？」

こんなセリフが続くと、ボディーブローをくらったみたいに、じわじわと痛みがきいてくる。

「だれか見つかった？」

陸が声をかけてきた。口もとが笑っている。

走哉がクラスの子たちを駅伝にさそっているのを、見ていたらしい。心配してくれているのか、面白がっているのか見当がつかない。

答えるかわりに、首をななめにかたむけると、

「ふぅん、そっか」

さらりと流された。

陸はいつもひょうひょうとしている。長い前髪を通してすけて見える目からは、どう思っているのか読みとれない。

走哉は、机の上に置きっぱなしだったランドセルをさかさまにして、教科書を取り出した。何冊かのノートが、勢いあまって床にすべり落ちた。

そのとき、かおりの声が教室にひびいた。

「駅伝出たい人、だれかいませんかー」

「女子も出るの？」

ヒロシが、話に食いついた。

「うん。三人は集まったんだけど、あと一人見つからなくて」

陸がふりかえって、余計なことを言った。

「あっ、走哉が出たいって」

「お、おい。陸」

「えっ？　走哉が？」

また、同じ反応だ。しかも、かおりから。

あっという間に、耳まで真っ赤になった。

「わたしたち、一応女子だけのチームを作ろうと思っていて……」

かおりが上目づかいで、申し訳なさそうに言った。

走哉はとんでもないという風に、両手を振った。

「いやいや、分かってるよ。陸が勝手に言っただけ。ほんとはそんなに出たくないし。おれ、マジ遅いし」

やさしいかおりは、ホッとしたみたいにほおをゆるめた。かおりのこと、ちょっと気に入っていただけに、とどめをさされた思いだ。

目線が床に急降下する。

バツが悪そうに陸が離れて行った。床に散らばっていたノートを拾いあげ、いすに座りかけたとき、耳元で小声がした。

「走哉、駅伝大会のエントリーのことなんだけど」

飛びはねるようにして振りかえると、康介の顔が間近にあった。

「えっ！　だって康介はヒロシたちと、去年のメンバーで出るんじゃないの？」

「うん、そうなんだけど……」

「じゃぁ、なに？」

「実はおれ、サッカーで右足ねんざしてから、足の調子よくなくて」

康介がうつむき加減になった。

「それっていつ？」

「ねんざしたのは、夏休みの終わりごろかな」

「でも、運動会も出てたし、体育もやってるよね？」

「いや、ふつうに運動は出来るんだけど。サッカーやってると、まだ時々痛むときがあってさ。医者からは様子見てやるように言われてるんだ」

「今でも？」

「う…ん、ひどくはないけど、同じところくり返しちゃうみたいで……。駅伝、ヒロシあいつマジだから。もちろんおれだって、そうなんだけど」

リレーのときのヒロシの完ぺきな走りが、頭にうかんだ。遠くで様子をうかがっている陸の姿が、目のはしにちらちら見える。

「で、でも、おれにはとても康介の代わりなんて出来ないよ。おれがそのチームに入っちゃったら、足ひっぱっちゃうもん」

走哉のあせった目が、あちこちに動いた。

「いや、確実におれの代わりってわけじゃなくて。駅伝まではまだ日があるから、おれの足も大丈夫だとは思ってるし。でも、もしダメなときは、代わりに出てもらうかもって感じで」

いつもハキハキものを言う康介にしては、まどろっこしい言い方をする。

「それってどういうこと?」

「あのさ。走哉、おれらのチームの補欠として、エントリーしてくれないかな」

「補欠?」

走哉の目が、一点で止まった。

2

あくる日の早朝、走哉は中央公園へのコースを変えた。住宅街をたて横にきれいに通る道を、一本南にずらした。

昨日、康介はこう言っていた。

「走哉、毎朝走ってるの？」

走哉はびっくりして、返答につまった。

「お母さんが、新聞取るときに見かけたって言ってたから。中央公園まで走ってるの？」

「まぁ、いろいろ」

声がかすれた。

康介のうちが、ランニングコース沿いにあるとは知らなかった。

「走哉、走るの好きなんだ」

なんだか無性に居心地が悪くなってきた。

「補欠ならだれでもいいってわけじゃないからさ。走哉なら――」

康介が言い終わらないうちに、口から言葉がすべり落ちた。

「わかった。補欠でエントリーしといて」

康介に走っているところを見られたくない。

それで今日は、道を一本ずらした。

中央公園までの道を走りながら、心の中のどろりとした気持ちが、怒りだということに気付いた。

補欠なんて、バカにしやがって。

走りに集中できない。

おれ、出たかったんだ。優勝ねらえるようなチームじゃなくてもいいから、選手として出場して、走りたかったんだ。

家並みが涙でぼやけた。

もっとメンバー集めがんばれば、いっしょに走ってくれるやつがいたかも知れない。補欠でいいなんて、すぐに言ってしまったことが悔やまれた。

呼吸が乱れてきて、手足の動きもばらばらになった。走哉は倒れこむように、中央公園にかけこんだ。

学校に着くと、昇降口のところで、ふだんは走哉のことなど気にもとめないヒロシが、なれなれしく腕を首にかけてきた。

「走哉、補欠になってくれたんだって。サンキュー。康介、足がどうのって言ってたけど、多分あいつ大丈夫だからさ」

「…………」

「自分で走らないで、金メダル、ゲットできるんだから、走哉ラッキーじゃん。あ、大樹。今日の放課後、練習できる？」

ヒロシは大樹の姿を見つけると、首から手をほどいて行ってしまった。

首もとがすうすうした。頭皮がざわざわする。

金メダルなんて、別にほしくねぇし。

心の中でせいいっぱい言い返した。

教室に入っても、ランドセルを背負ったまま、つっ立っていた。

やっぱり、康介に断る。自分でメンバー探して、駅伝で走るんだ。

両こぶしに力をこめた。先生が教室に入ってくるのが見えて、あわてて席に向かった。

朝はあんなに強く決心したのに、なかなか康介に切り出せずあせっているうちに、帰りの会が終わってしまった。

ランドセルに手をかけたとき、逆に康介から声をかけられた。

「走哉、昨日は引き受けてくれてありがとう。今日中には、お母さんにチームエントリーしてもらうから」

「あ……ぅん」

気のぬけた返事に、康介が顔をのぞきこんできた。

「補欠、ひょっとしてイヤ？」

康介の目が、心配そうにゆれている。

「そ、そんなことないよ」

また口が勝手にすべった。

結局、断るチャンスを自分でつぶしてしまった。断るには、これが最後のチャンスだったかも知れないのに。

康介の気持ちも分かる。もし自分が万一出られなかったときに、みんなに迷惑かけたくないと思ってのことだろう。

でも、なんでおれなんだ。

帰り道、陸と順番に小石をけりながら帰った。走哉のけった小石が溝に落ちたとき、陸がぽそっと口を開いた。

「走哉、駅伝のメンバー見つかったの？」

ずっとゲームの話をしていたのに、話がとぎれる瞬間を待っていたかのようだった。

「いや。おれ、ヒロシたちのチームの補欠に入ることになったから」

「えっ！　ヒロシたちって優勝ねらってんでしょ。そのチームの補欠なら、それでもすごいかも知れないけど……。補欠って、しょせんは補欠じゃない。走らないことの方が、圧倒的に多いわけでしょ」

「……………」

そんなこと、言われなくても分かってる。

悪気はないのだろうけど、わざわざ口にする陸がにくたらしくなる。

「そっか。補欠なんだ」

陸がくり返す。

「おれ、別にいいんだ。去年の駅伝大会も出てないし、いきなり二キロなんてキツそうだし」

「ふぅん」

陸は長い前髪をふりはらうように、あごを空に向けた。

なんで、思ってもいないことは、すらすらと口から出るのに、本当に思っていることはちっとも言えないんだ。

走哉はくちびるをかみしめた。

早朝のランニングは、いつの間にかやめてしまった。いつもの時間に習慣で目が覚めるのだが、どうしても体が重くて動かない。

一度、父さんから、

「休んだら、休んだ分だけ筋力も体力も落ちるぞ」

と、言われた。

走哉は何も答えなかった。

才能もないし、努力もできないんだ。

今から思えば、リレーの選手決めの百メートル走のとき、康介に勝てたのは、もともと康介の足が不調だったのだろう。

駅伝大会で補欠になったことは、母さんにも言っていない。九十九パーセント、出番はないし、補欠だなんて知れたら、父さんになんて言われるか分からない。

ある日の放課後、陸から家にさそわれた。

陸が買った「モンスターパニック」という、新しいゲームソフトをやらせてもらうことになっている。

「それにしても、すげぇ迫力」

陸のうちのテレビは、走哉のうちの倍くらいあって、かべの半分はあるんじゃないかというぐらい大きい。それに陸のうちはいつ来ても、すごくきれいだ。ちりひとつ落ちてないし、まるでかっこいいホテルかモデルルームにいるみたいだ。

うらやましい。

つい、うっとりと部屋に見とれていると、テレビ画面のモンスターが、次々におそってきた。思わずのけぞりそうになる。

「違うよ、走哉。ここはまずよけてから、力をチャージするんだ」

陸と対戦しているはずなのに、いつの間にか陸は走哉に教えてばかりいる。

「陸、強すぎ」

走哉は、ソファに体をあずけた。

「ま、なれてるからね」

陸はゲームのリモコンを置くと、カルピスを手に取った。走哉は、テーブルの上の菓子皿にもられたチョコレートに手を伸ばした。

スーパーでは見かけないような、高級そうなチョコレートだ。一つ一つ、形も色もちがっている。

ほどよくやわらかい。香ばしいアーモンドの風味が、チョコレートのほろにがさと絶妙にまざりあって、舌の上でなめらかにとけた。

「これ激ウマッ！　どこで買ったの？」

「あぁ、それは海外みやげ」

「ひょっとして、お父さんのおみやげ？」

「うん。いつも食べきれないくらい買ってくるから、いっぱい食べて」

「あ、うん。前にも聞いたかも知んないけど、陸のお父さん、外国のどこにいるんだっけ？」

「フランスのパリ」

「すげぇ。オシャレじゃね？　いいなぁ。どんな仕事してんの？」

「電子工学のエンジニア」

「って言われても、全然分かんないけど」

「コンピューターの仕事、みたいな」

「ふぅーん。どうして、陸はいっしょに行かなかったの？」

「ん……。だって転校したくないし」

「そりゃそうだな」

奥のダイニングテーブルで新聞を読んでいたお母さんが、顔を上げた。

「陸はぜんそくがあるでしょ。小さいころより、うんとよくなったんだけど、それでも環境ががらりと変わるのは心配だったしね」

陸とは、同じクラスになった五年生のときから、仲良くなった。なので、その前のことはよく分からない。ぜんそくを持っているのは知っているし、よく学校を休むけど、ふだんは元気だからつい忘れてしまっている。

「雨が降るとね、ぜんそくが出やすいの。低気圧がよくないみたい」

「テイキアツ」

「そう、低気圧。ヨーロッパって、お天気が悪い日が多いって聞くしね」

「もう、お母さん。余計なことしゃべらなくていいから」

陸が不機嫌そうにさえぎった。

「ねぇ、走哉。このチョコレート、持って帰っていいよ。ひらりにもおみやげ」

「や、いいよ。そんな」

一応断りつつ、チョコレートから目が離れない。

「そうよ。こんなに食べたら、陸、虫歯だらけになっちゃうから、遠慮しないで。あとで袋に入れておくね」

陸のお母さんも言ってくれた。

「あ、すみません」

あんまりおいしくて、ひらりにあげるのは、もったいない。

ベランダから差しこむ夕日が、陸の顔半分を金色に照らしていた。

「陸、ベランダに出てもいい？」

「うん。いいよ」

走哉がガラス戸を開けると、ひんやりした風がうわっと顔にあたった。サンダルを借りて、さくに近寄った。

「さすが、最上階。ながめがいいなぁ」

あとから出てきた陸に声をかけた。模型みたいな住宅街が、ずっと先まで続いている。

「今日はガスってるのかな。富士山《ふじさん》見えないね」

この八階のベランダからは、ずっと遠くに富士山が見えることもあるらしい。

真下には中央公園が見下ろせた。もう五時に近いせいか、だれもいない。

「中央公園って、意外と遊んでる人、少ないよな」

走哉が言うと、

「でも週末は野球だのサッカーだの、朝からうるさいくらいだよ。そうそう、康介のサッカーチームも、ここ使ってるよ」

胸が小さく波打った。走哉は正面に顔をすえたまま、わざとさりげなくたずねた。

「康介、サッカーやってる？」

「どうだろ。じっと見てたことないから分からないけど。やってるんじゃないの？」

「そっか」

もう一度、中央公園に目を落とした。

つい半月ほど前まで、早朝にここを走っていたのが、うそみたいだ。父さんと短距離の練習をしていたのも、ずい分昔のことみたいに思える。

「ねぇ、あれ、康介たちじゃない？　ほら、ヒロシも」

陸が、自転車で公園に入ってきた少年たちを指さした。体がぴくっとふるえた。

康介、ヒロシ、大樹、ジュンの駅伝メンバーだった。

「こんな時間から練習するのかな。気合入ってるね」

「…………」

たしかヒロシは、学校で練習するようなことを康介と話していた。聞こうと思っていないのに、ヒロシたちの駅伝の会話は、なぜか耳に入ってきてしまう。

下校時間が過ぎてから、わざわざ中央公園に移動してきたのだろうか。四人は、内周を走り出した。

「すごいなぁ。苦しくないのかなぁ。ねぇ、呼んでみようか」

「いや、いいんじゃゃね」

最初はひとかたまりになって走っていたが、だんだんばらけた。あのヒロシでさえ顔をゆがめて、わき腹を押さえながら走っていた。

康介はヒロシをリードするように、さっそうと先頭を走っている。

康介の足は大丈夫そうだ。

ホッとするような気持ちの中、一ミリくらいの残念な気持ちを、心の奥底にぐっと押しこめた。

結局、六年生からは康介たちのチームと、かおりたち女子チームの二チームだけが、エントリーしたらしい。

どうせがんばったところで、メンバーは集まらなかった、しょうがなかったんだと、走哉は自分の言葉を頭の中でたんねんになぞった。

「ねぇ、そろそろ入ろうよ。寒くなってきた」

陸が小さなくしゃみをした。

公園の外灯がいっせいにともった。

3

次の日、陸は学校を休んだ。

窓の外はどんより曇っている。昨日、陸のお母さんが言っていた、ぜんそくのことが気になって先生に聞いてみると、どうやら風邪らしい。

走哉は学校が終わると、陸の連絡帳や宿題のプリントなどをランドセルにつめこんだ。

陸の家に直接届けようと、自分の家を素通りした。中央公園に向かってぶらぶら歩いていると、突然後ろから肩をたたかれた。

おどろいてふり向くと、康介だった。

この道は、康介の家の前の道だった。走哉は、一度家に帰って、時間をずらせばよかったと後悔した。

「陸んちに届けるの？」

「うん」

「陸、どうしたんだろうね」

「風邪らしいよ」

そこまで話すと、話すことがなくなってしまった。ランドセルの中の筆箱が、かたかた鳴る音が通りにひびいた。

自分は気まずいけど、康介が気まずいはずはない。なのに、二人のまわりの空気だけがうすく感じられ、なんだか息苦しい。

走哉は口を開いた。

「駅伝の練習どう？　足はもうすっかり大丈夫なんでしょ？」

沈黙にたえられなくなって、一番さけたい駅伝の話を、つい自分からふってしまった。

「うん。まぁまぁかな」

「まぁまぁってことないだろ」

思わず強い口調になった。中央公園で見た走り姿は、まぁまぁなんて感じじゃない。

「あのさ……」

康介は一度言葉を切ってから続けた。

「おれ、ヒロシたちには言ってないけど、実はまだ通院してるんだ」

「えっ！」

びっくりして、立ち止まりそうになった。

昨日は、すごく気持ちよく走っているように見えた。

「右足だっけ、まだ痛いの？」

走哉は、康介の右足あたりに目を落とした。

「うーん。本調子ではない感じだけど、ま、だいじょうぶ」

康介の口調は、たんたんとしている。

走哉のくちびるが、一文字にきゅっと結ばれた。

康介は道のずっと先を見ながら、続けた。

「おれ、自分で出るって言ったからさ。せいいっぱいがんばるよ」

胸がズンとした。

背中を思いっきりはたかれて、胸にひびいたときみたいな、そんな感じだった。

走哉は陸のマンションに着くと、インターホンの前にしばらくたたずんでいた。

――自分で出るって言ったからさ。せいいっぱいがんばるよ。

康介の言葉が、頭の中を旋回している。

今、誰かと顔を合わせて、関係ない話をしたくなかった。

結局、インターホンを押さず、陸の家の集合ポストに連絡帳とプリントを入れた。ポストの底に、ぽそんと連絡帳が落ちた。


翌朝六時、ランニングのために外に出た。久しぶりだったせいで、前よりもぐっと気温が低くなっているのが分かる。

今日は、いつも通りの、康介の家の前の道を走る。中央公園までの坂道が、今までになく苦しい。

中央公園に着くと、両ひざに手をおいて、肩を上下させた。ぜいぜいとのどの奥から苦しげな息が行き来する。

父さんが言ってた通りだ。たかが半月あまり休んだだけなのに、筋力も体力も確実に落ちている。

ようやく息が落ち着いてきたころ、ふと目を上げると、正面のマンションの最上階のベランダから、手を振っている少年がいた。

陸？

走哉は、あわててかけ寄ってマンションをあおいだ。首を直角にまげたまま、走哉も腕をぐるぐる回した。

しばらく無言で、たがいに手を振りあった。

「今日は、学校来れるー？」

両手で口をはさんで、ありったけの大声でさけんでみた。

少し間があって、やっぱり声届かなかったかな、と思ったとき、陸が両腕で大きな輪を作った。

「あとでな！」

走哉は片手をあげると、内周を走り出した。

なんだか鼻の奥がツンとした。

半周走ったところで、マンションのベランダを見ると、もう陸の姿はなかった。

補欠を引き受けてしまったのは、おれ。

結局、自分が決めたことなんだ。

補欠なんだから、万一に備えてちゃんと準備しておかないと！

力をこめて両腕を振った。

走哉はあごを引いて、一気にペースを上げた。

駅伝大会まであと一週間になった。

学校の帰りの会が終わったとき、走哉は思い切って、康介に声をかけた。

「康介、足の調子はどう？」

「だいじょうぶ。病院でも問題ないって言われてる。ありがとう」

康介は笑顔で答えた。

「よかった」

走哉は一拍おいてから、続けた。

「あのさ、放課後なんだけど……おれもいっしょに練習してもいい？」

胸がとくとく鳴っている。

「もっちろん！」

走哉の両肩が、瞬間浮いた。

康介は目をかがやかせて、ヒロシを呼んだ。

「おーい、ヒロシ。走哉も練習に来るって」

ヒロシは近づいてくると、たいして気にもとめない様子で流した。

「走哉は本番走ることないけど、ま、いいんじゃね。いっしょにがんばろうぜ～」

選手であろうが補欠であろうが、同じ駅伝大会に向かって、チームでいっしょに練習したい。

それに、自分の走りがどのくらいなのか、みんなと走ってみたいとも思った。途中やめてしまった期間もあったが、早朝練習がはたしてどのくらい効果を出しているのかも、気になるところだ。

学校が終わると、走哉は家に帰ってランドセルを放り投げ、急いで上下ともジャージに着替えた。自転車に飛び乗り、学校にとんぼ返りだ。

立ちこぎのおかげか、校庭には一番乗りだった。早くも上気したほおに、ひんやりした風が気持ちよく当たる。

走哉は屈伸したり、前後に脚を開いてアキレスけんを伸ばしたりして、筋肉のストレッチをしていた。

すると、すぐあとから、ジュンと大樹がやってきた。

「走哉、本格的だなぁ」

「うん。走る前はちゃんと体をほぐせって、父さんがうるさいから」

「そういえば、走哉のお父さんって、陸上の選手だったんだろ」

ジュンが言った。

「ん、昔ね。なんで知ってるの？」

走哉は足首を回しながら、聞いた。

「うちの弟が走哉の妹から聞いたって。走哉の妹、足速いもんな」

ジュンの弟は、どうやらひらりと同じクラスらしい。

ひらりのやつ余計なことしゃべって、と思ったが、不思議と悪い気はしなかった。

「なになに、走哉のお父さんって、陸上の選手だったたって？」

ヒロシと康介もいつの間にか、話の輪に加わってきた。

「じゃさ、走るときのコツ、いろいろ教えてよ」

ヒロシがぐっと顔を近づけてくる。

「うん。父さんはスプリンターだったから、長距離は専門じゃないけど、おれが言われたのは、まず呼吸」

走哉は、父さんから教わったことを、かいつまんでみんなに話した。みんなのひたいが、走哉に寄せられる。

「よし。あと一週間、がんばろうぜ！」

ヒロシの声が、空にまいあがった。

まずは、学校の二百メートルトラックを十周する。前半はみんなほぼかたまって走っていた。走哉もみんなのペースについていくことができた。

後半になると、ペースの変わらないヒロシが前に出て、そのヒロシのすぐ後に康介がぴたりとついた。ジュンと大樹は遅れだし、走哉はさらに少し遅れて、ゴールするころにはヒロシや康介に、一周近くも差をつけられていた。

今の自分の実力をまのあたりにしたが、

「走哉、結構走れるじゃん」

と、ヒロシは目をまるくした。

「だろ」

康介がするりと答えた。

夕日がかたむき、校舎のかげが校庭に長くのびた。日の短いこの時期は、放課後校庭を使っていいのは四時半までで、走哉たちは中央公園まで自転車で移動した。

中央公園に着くと、ヒロシがリュックから、

「じゃーん」

と言って、オレンジ色のひもの輪っかを取り出した。

「何それ」

大樹が近寄ると、

「これは、たすきの代わり。ハチマキを二本つなげて作ったんだ」

ヒロシは鼻の下をこすった。

「へぇ、こんな色のハチマキ売ってるんだ」

「お母さんに百円ショップでさがしてきてもらった」

「なんでオレンジ？」

「駅伝大会で六年生のゼッケンって、オレンジなんだ。だからなんとなく」

「ヒロシ、こりすぎ」

みんなの顔に笑みがこぼれた。

「じゃあ、駅伝の順番に一周ずつ走って、たすきをわたす練習しようぜ」

「リレーのバトンじゃないんだから、落としたりしなくね？」

大樹が言うと、

「たすきでも、もたつくときあるし、去年おれ、肩にうまくかけられなくてちょっとあせったから、練習やっておこうぜ」

康介がヒロシをフォローし、ジュンも言った。

「そうだな。優勝のためには、なんでもやっておこう」

第一走者は康介。第二走者はジュン。第三走者は大樹。第四走者はヒロシ。

スタート前、走哉が四人と少しはなれて立っていると、ヒロシが言った。

「練習なんだから、走哉は五番目に走れよ。おれがたすきわたすから」

心臓がポンとはねた。

「えっ、いいの？」

「いいに決まってるじゃん」

ヒロシが言うと、

「そうだよ、いっしょにやろうよ」

「同じチームだろ」

康介たちも口ぐちに言った。

走哉はこみあげてくる笑みを必死でこらえながら、大きくうなずいた。

いよいよ駅伝大会の前日になった。

夕飯のとき、めずらしく父さんは早く帰ってきていて、食卓に全員がそろった。父さんにも母さんにも、まだ駅伝大会のことを言っていなかった。

走哉はいつ切り出そうかずっと迷い、はしを置いたり取ったりをくり返した。

父さんのビールのグラスが空になったとき、走哉は切り出した。

「明日《あした》、駅伝大会があるんだ」

「明日？　どこで？」

母さんが、キッチンカウンターの向こうから、父さんのみそ汁をよそいながら、目を向けた。

「金沢《かなざわ》重工の工場の敷地の中。磯田区駅伝大会っていって、今年で三回目みたい」

「へぇ、工場の中。車が来なくて安全だからかしらね」

「でさ。おれ、ヒロシや康介たちのチームに補欠でエントリーしてるんだ。だから、明日朝早く出るからよろしく」

用意していた言葉を一気にしゃべった。

「補欠、なの？」

母さんはおたまを宙で止めた。

「そうだよ」

走哉は胸をはった。

「明日はいいお天気みたいで、よかったね」

母さんは、みそ汁をすくい直した。

「お兄ちゃん、補欠すごいね」

ひらりは、運動会のリレー選手の補欠とかん違いしているようだ。

父さんのまゆ毛がぴくりと動いた。

「何時からだ」

「受付は八時半からだけど、おれたちのレースは、十時十五分スタート。あ、見に来なくていいから」

父さんは、朝めし食べ過ぎんなよ、とだけ返した。

ベッドに入ってもなかなか寝付けなかった。補欠でも緊張するんだから、康介たちはさぞかしだろうと、走哉は寝がえりを打った。

一走の康介は、安定した走りを見せるだろう。去年の優勝チームには、一走にずば抜けて速いやつがいたらしい。もしそいつが今年も一走なら、康介がどれだけくいついていけるかが、勝敗をにぎる。いや、きっと康介ならやってくれる。

二走のジュンは、最初に飛ばし過ぎて、あとからバテるタイプだ。だけど、だいぶ体力もついてきているから、もうだいじょうぶだ。

三走の大樹は、軽口とはうらはらに、一番あがり症かも知れない。リラックスできれば、いつもの走りが出来るはずだ。

アンカーのヒロシに一位でたすきをつなげられれば、もう優勝はかたい。間違いなくゴールテープが切れる。

走哉はベッドからおりると、暗がりのなか、明日持っていくリュックの底をさぐった。

たすきが指先にふれた。一週間前に、ヒロシが練習に持ってきた、ハチマキを二本つなげたオレンジ色のたすきだ。

あれから、中央公園での練習の最後には、たすきをつなぐ練習をした。

走哉はいつもヒロシから最後にたすきを受けとると、全速力でトラックを駆けぬけた。

明日、このたすきをかけて応援するために、あずかってきた。

走哉はたすきをにぎりしめた。

4

翌朝は、目覚ましが鳴る前に目が覚めた。

母さんはもう起きていて、朝食の準備をしていた。

「はい、卵揚げ」

「えっ、卵揚げ？」

走哉は目をまるくした。

「そうよ。運動会のときに、陸くんちの卵揚げがおいしかったって言ってたから」

母さんがほほえんだ。右ほおに浮かんだえくぼが、いつもよりくっきりと見えた。

「いただきます」

走哉はいつになくしんみょうに、両手をあわせてから食べ始めた。

軽めの朝食を終え、家を出るとき、まだ寝ている父さんたちに気を遣って、母さんは声のトーンを抑えた。

「がんばってね」

母さんの笑顔に送り出され、走哉はかけるように駅に向かった。

約束の時間の十分前に駅に着いた。土曜日の朝なので、人もまばらだ。まだみんな来ていないかと思ったら、改札の柱のかげから大樹が飛び出してきた。

「おぉ、走哉」

大樹は、まるで久しぶりの友だちに会えたような笑顔を見せた。

会場の金沢重工がある駅までは、電車で三駅で、駅からは歩いて五分くらいだ。康介たちは去年も来ているから、今年は子どもたちだけで受付をすることになっている。

応援の家族たちは、スタートの時間に合わせて来る予定だ。

やがて、ジュンと康介も駅にやってきた。

「ヒロシ、おせーな」

大樹がぶつぶつ言ったが、まだ約束の時間まで五分ある。

「あいつは遅れたりしないから、だいじょうぶだよ」

康介は落ち着いている。

やがて約束の時間になった。大樹が駅の外をいらいらと行ったり来たりした。

約束の時間を五分過ぎた。

「遅くねぇか」

ジュンも心配顔でつぶやいた。康介も走哉もだまっている。

また駅の外に出て、もどってきた大樹が言った。

「康介、携帯持ってきてるだろ。ヒロシのうちにかけてみようよ」

「そうだな」

康介はリュックから携帯を取り出し、ヒロシの家《うち》の番号を押すと耳に押し当てた。

聞こえるはずもないのに、携帯にみんな顔を寄せて耳をそばだてた。

「だれも出ない」

康介が不安げにつぶやいた。

「マジかよ」

「どうする？」

大樹とジュンの顔がとたんにこわばった。走哉の口からは言葉すら出ない。

「とりあえず、先に会場の受付の近くまで行ってようぜ。ヒロシはおれの携帯知ってるはずだし、途中で連絡くれるかも知れないから」

康介があくまで冷静に言うと、

「そうだな。遅刻じゃ、シャレになんねぇもんな」

大樹もうなずいた。

走哉は、改札を抜ける三人の背中を追うように、機械的に足を前に動かした。スポンジの上を歩いているみたいでまるで実感がない。

電車に乗ったとき、康介の携帯が震えた。画面には、知らない番号が表示されている。

「出てみろよ」

大樹がせっついた。

康介は口に手を当てて、おそるおそる携帯を耳に押しあてた。

「もしもし。えっ、ヒロシ？　お前どこにいるんだよ」

めずらしく強い口調で、康介が勢いこんだ。

「なに、よく聞こえない……病院？」

大樹とジュンが、同時に顔を見合わせた。

車両には、駅伝大会に参加するらしい格好をした小学生たちが、声高に話している。

「四年生の部って何チーム、エントリーしてる？」

一人の男の子がたずねると、

「三十六チームだって。結構多いよね」

と、メガネをかけた男の子が答えた。

「入賞って何位まで？」

「八位まで。でもメダルは三位以内しかもらえないぞ」

「そっかぁ、メダルほしいなぁ」

「わたしは最後まで走れるか心配。四年生の部って一番はじめに走るでしょ。マジで緊張する」

これから行われるレースに向かって、ハイテンションになっているのが伝わってくる。

「うっせぇ」

大樹が、床にはき捨てるようにつぶやいた。

ヒロシはお母さんの携帯を使って、病院から電話をかけてきた。詳しいことはよく分からないが、駅に向かう途中、歩道を走る自転車をよけたときに、街路樹の根っこにつまずいて足をくじいたらしい。今病院に行っているようだ。診察が終わり次第、タクシーでこちらに向かうことになっている。

金沢重工の工場は海に面したとてつもなく広い敷地にあり、駅から工場の正門までより、正門から駅伝の受付まで行く方が時間がかかった。

ようやく受付の広場の近くまで来ると、人でごったがえしていた。

「まだ受付終了まで時間あるな。ヒロシ待ってるあいだ、アップやってる？」

人ごみからのがれたところで、四人でうつむきがちに立っていると、康介が口を開いた。

「う……ん」

ジュンは返事をしたものの、体は動かなかった。

大樹はくちびるをつきだして、アスファルトの地面をつま先で蹴《け》っている。

「まずは、体ほぐさないと。な、走哉」

康介がむりやり笑顔をつくって、屈伸を始めた。

大樹はまだ、つま先で地面を蹴り続けている。

「ヒロシがいなきゃさ、優勝なんて無理だよ。走哉じゃ……」

続きの言葉は飲み込まれたが、走哉のはりつめた胸を刺すには十分だった。

ジュンがハッとしたように、大樹の方を見た。

「まだヒロシが出られないって、決まったわけじゃないじゃないか」

康介が屈伸を止めて、大樹をにらんだ。

お世辞にも「ヒロシがだめでも、走哉ががんばれば大丈夫」なんて、だれも言ってくれない。

ヒロシとの力の差は歴然で、もしそんなこと言われても、気休めにすぎず、うれしくもなんともないかも知れない。

でも、みんなの様子をまのあたりにすると、灰色の粘土を胸に押し込められたみたいに、胸がつまってくる。

もしかしたら、このおれが、ヒロシの代わりに……走る？

走哉は、ひざの力がぬけそうになるのを、何とかこらえた。

胸の奥の灰色の粘土が、のど元までせりあがってきた。

──おれでゴメン。もし、おれが走ることになったら、ゴメン。

もう少しで、言葉になって、口からこぼれてしまいそうになったときだった。

向こうから松葉づえをぎこちなくつきながら、必死で向かってくる少年が見えた。

ヒロシだった。

みんな、いっせいにかけよった。ヒロシは、泣きはらしたのか、目も鼻も真っ赤だった。ヒロシが泣いた顔なんて、今までだれも見たことがない。

ヒロシを囲んだが、かける言葉が見つからない。それはだれしも同じようだった。

重苦しい沈黙があたりをおおった。五人がすっぽり、エレベーターの中に閉じ込められたみたいに、呼吸すらしづらい。

「大丈夫か?」

やっとのことで、康介が口を開いた。

「足首、やっちゃった」

ヒロシはここまで言うと、しゃくりあげそうになるのを、口をゆがめて懸命にこらえた。

「すまん……」

色を失ったヒロシのくちびるが、一文字に結ばれた。ヒロシはゆっくり走哉に目をうつした。

「走哉、たのんだぞ」

ごくりとつばを飲み込んだ。

ヒロシと走哉の目線は、磁石が引きつけあっているみたいに、しばらく離れなかった。

走哉を見上げる真っ赤な目の奥には、どれほどのくやしさがこめられているのだろう。

走哉は全身の筋肉に力をこめた。

「わかった」

体じゅうの血液がどっと流れ出した。

「よし、優勝ねらうぞ！」

康介が声をあげると、大樹がオーッと吠《ほ》えた。

五人で肩を組み合った。ためこんでいたパワーが、さく裂寸前まで盛り上がっていった。

走哉たちはオレンジ色のゼッケンを、配られた小さな安全ピンでたがいに留めあった。

『36―4』

走哉の胸と背には、チームのエントリーナンバーである『36』と、四走を示す『4』の数字が並んだ。補欠の選手は、交代した選手の走順にしか入れないルールになっている。

自分がアンカーを走ることになるなんて、夢にも思わなかった。

でも、これは現実だ。万一に備えて、万一のために、一生懸命練習してきたんだ。

走哉は空を見上げた。絵具を流したような青空が広がっている。今日がとてもいい天気だったことに、初めて気がついた。

走哉はのどがかわいて、リュックから水筒を取り出した。そのとき、練習で使っていたオレンジ色のたすきが、地面にはらんと落ちた。

しゃがんで、たすきをにぎりしめた。このたすきを使って、夕暮れどきの中央公園のトラックを走った。ヒロシからわたされたたすきを肩にかけ、全速力でトラックを駆けぬけた。みんなの声かけが、静かな公園にひびきわたる。

上から視線を感じ、目を上げるとヒロシもたすきを見ていた。

「おれが持ってるよ」

ヒロシが松葉づえをわきにはさみながら、伸ばしにくそうに手を出した。走哉は一瞬ためらい、それから結び目をほどき、二本のハチマキにもどした。

「一本ずつ持ってようぜ」

ヒロシの口もとが少しだけほころんだ。ヒロシがハチマキをジャンパーのポケットに入れると、走哉は少し迷ったあと、ハチマキのしわをのばし、おでこにギュッと結んだ。

六年生の部のスタート時間が近づいた。スタート地点あたりまで行くと、やがて第一区のランナーの召集のアナウンスが流れた。

「行ってくる」

康介が片手をあげて、小走りでスタート地点に向かった。

「いつもの調子でな!」

大樹が康介の背中に声をかけた。

六年生は、五十チーム近くがエントリーしているため、一走目のランナーはスタートのときに、前にいるか後ろにいるかで結構違ってくる。

集まったランナーのうち、男子が七割くらいをしめているだろうか。康介は、スタートラインの最前列ややインコーナーよりの、いい位置を取ることが出来た。

「あいつ、やっぱり一走だ」

　ジュンが興奮したように言った。

「えっ、去年めちゃくちゃ速かったってやつ？」

　走哉がたずねると、

「うん。ほら、康介の左の方に、ブルーのTシャツ着たでかいやついるだろ。あいつ、全国大会にも出たことあるらしいぞ」

「全国！」

　走哉の声が裏返った。

　たしかに、他の人より頭一つ飛び抜けて大きいランナーがいる。きっと康介はマークしているに違いない。

「でもずば抜けているのは、あいつだけだから」

　ジュンが、自らを落ち着かせるように言った。

　コースは、工場の建屋を長方形にぐるりと囲む道路を、それぞれのランナーが一周することになっている。

　なので、最初のコーナーを曲がってしまうと、最後のコーナーを曲がってくるまで、戦局がどうなっているのか、待っているランナーには分からない。最後のコーナーを回ると、中継地点まで残り約五百メートル。中継地点までの直線の途中、残り百メートルあたりで係員が待機している。その係員は通過するゼッケンナンバーをマイクで伝え、それが中継地点のスピーカーで流される。次のランナーは、スピーカーから流れるゼッケンナンバー順に、中継地点でたすきを待つ。

いよいよ、スタートだ。

ようい、のかけ声で、ランナーたちが肩をいからせ押しあいながらかまえる。康介が緊張した面持ちで、前かがみになった。

ピストルの音が高らかに鳴りひびき、地ひびきをあげて、ランナーたちがいっせいに飛び出した。

「康介！　行け――――」

まわりの声援を上書きするような、大樹の大声がひびいた。

康介たちはほぼ全速力で走り抜け、あっという間に最初のコーナーを曲がり、姿を消した。

走哉の鼓動が速くなる。小春日和のようなおだやかな天気なのに、建屋のかげに入ってしまうと一気に冷える。走哉のほおを、冷たい空気がピンピンとさした。

第二区のランナーの召集がかかった。

ジュンの背筋がピンとのびた。

「ジュン、二走と三走は狙い目だからな。おれたちで差をつけようぜ」

大樹が声をかけると、

「おう！」

ジュンは力強くうなずいた。

スタートしてからの時間が、ゆっくり過ぎていくように感じられる。

今、康介はどこをどう走っているのだろう。

中継地点の係員がトランシーバーを使って、先導車の係員と連絡を取っていた。

「今、どのへんですか？　どうぞ」

「先頭が一キロ地点を通過中です。どうぞ」

「了解です」

トランシーバーのザワザワという雑音とともに、どよめきがおこった。ゴールわきにある電光時計は、まだ三分四十秒を回ったところだ。ものすごく速いペースだ。

やがて、最後のコーナーを回ってくる先導車が姿をあらわした。まわりから、歓声があがった。その後ろに小さく見えるのは、ブルーのTシャツだ。

あいつに違いない。康介は？

走哉は目をこらした。しばらくして、白いTシャツが見えた。

「康介だ！」

大樹がさけんだ。康介が二位につけている。

『第二区　11番』

スピーカーから、最初のゼッケンナンバーが流れた。

「はい。第二区の11番、入って」

中継地点の係員が、第二区の待機場所にいるランナーたちに向かって復唱した。

『36番』

続いて、36番が呼ばれた。11番のランナーのあとを、康介がくらいつこうと追っている。

ジュンがはねるようにして出て行き、11番のランナーのとなりに並んだ。

「康介ー、ラストスパート!!」

大樹が両手をメガホンにしてさけんだ。康介が、短距離走を走るような勢いでつっこんできた。

先頭との距離は八メートルほどで、ジュンにたすきをつないだ。ジュンはたすきをしっかりつかむと、ダッシュで飛び出した。

「ジュン、行けー」

大樹のさけび声と同時に、第三区のランナーの召集がかかった。

「大樹」

走哉は名前を呼んだだけで、言葉が続かなかった。大樹は走哉と目を合わせ、まかせとけというように、力強くうなずいた。

だいじょうぶだ。大樹は落ち着いている。

大樹の背中の『36―3』のゼッケンが、召集場所の人だかりに消えた。

大樹と入れかわるように、康介がもどってきた。たおれこむように地面にしりをつくと、あごを上に向けた。あらあらしい息が空にはかれた。

「康介、ナイスファイト」

康介をねぎらう声が、ふるえていた。緊張がマックスになっている。

次の次には自分が走る。

落ち着こうと深呼吸をくり返していると、早くも先導車が最終コーナーを回ってきた。

白いTシャツだ。ジュンかも知れない。

やがて、その姿がじょじょに大きくなってきた。

「ジュンだ！　ジュン、一番になってる！」

走哉がさけび、まだ立ち上がることが出来ない康介に、目を向けた。疲れきった顔の康介の目が、ぎらりとかがやいた。

やがて、ジュンが苦しげに顔を左右に振りながら、近づいてきた。追い抜くのに相当がんばったに違いない。すぐ後ろから追手が見える。

『第三区、36番、続いて11番』

スピーカーからアナウンスが流れた。

「ジュン、ラストー!!」

大樹に代わって、走哉は大声を張り上げた。

ジュンから大樹にたすきがつながった。タッチの差で11番もたすきをつなぐ。

大樹は弾丸のように飛び出した。

いよいよ、第四区の召集がかかった。

いつの間にか立ち上がっていた康介が、

「走哉、ファイト！」

message

と片手をかかげ、ハイタッチを求めてきた。

走哉は、ハイタッチで応《こた》えた。走哉の冷たい指先に、康介のてのひらの熱が伝わった。

召集場所に向かうとき、背中をたたかれた。

ヒロシだった。いつの間にか、ヒロシのおでこにもオレンジ色のハチマキがしめられている。燃えるような目で、無言のエールを送ってきた。走哉は自分のおでこのハチマキを、人差し指でなぞった。

心臓が苦しいくらいにあばれている。かかとから着地すること、ももを高くあげること、あと何を注意すれば……頭の中がはちきれそうになる。

いや、呼吸だ。呼吸に集中しよう。

吸って、吸って、はいて。

吸って、吸って、はいて。

心のなかでとなえているだけで、不思議と気分が落ち着いてきた。

そのとき、ドッと歓声がわいた。先導車が姿をあらわした。眉間《みけん》をよせて目をこらす。

大樹だ！　トップをキープしてる！

しかもまだ追手は見えない。

喜びとともに、とてつもないプレッシャーが、全身に押しよせた。

吸って、吸って、はいて。

吸って、吸って、はいて。

おれは、走れる。走るんだ。

やがて続くランナーもコーナーを回ってきたが、大樹は独走状態で飛ばしてくる。

『第四区、36番』

スピーカーから声がひびいた。

中継地点のラインに立った。大樹の姿が近づいてくる。まだ第四区の11番は呼ばれない。大樹がだいぶ差をつけてくれた。

ようやく11番が呼ばれた。大樹の顔は真っ赤で、最後の力をふりしぼっているのがわかる。大樹がたすきに手をかけた。走哉は大樹に向かって、出来る限り右手を伸ばした。

「大樹――」

走哉にたすきがわたった。

おそらく、二位とは二十メートルくらいの差がついていただろう。なんとしても、一位をキープしなくてはいけない。

最初のコーナーを曲がった。

ずっとスタート地点あたりにいたので、沿道にこれほどたくさんの応援がいるとは知らなかった。トップを走る走哉に、おもはゆいくらいの声援がおくられてくる。

胸をはって、軽やかに走り抜けた。すがすがしい空気が、全身を切っていく。

次のコーナーを曲がってからも、先導車についていきながら、順調にスピードに乗れた。呼吸も乱れていない。

しかし、勝負はこれからだ。四走には、力のある選手を持ってくるチームが多い。

三度目のコーナーが近づいてきた。ちょうど半分の一キロ地点あたり、走哉の後ろの方で、大きな声援が上がった。11番のランナーの応援に違いない。走哉は初めて後ろをちらりとふり向いた。

トクンと胸がはねた。最初よりずい分差がちぢまっている。半分くらいになっているかも知れない。しかもその後ろにも、ランナーの姿が見えた。あせって息がつまりそうになった。

呼吸だ。走哉はスピードをあげた。しかし、スピードをあげたせいで、息が苦しくなってきた。先導車との距離が、じょじょにあいていく。

三度目のコーナーの手前で、初めて後ろから追ってくる足音が聞こえた。耳を疑いたくなった。でも、地面を蹴《け》りだす足音が、確実に聞こえる。

やばい。だいぶ迫ってきている。

背中にはりついている汗が、一瞬で凍ってしまいそうだった。

三度目のコーナーを曲がるとき、11番のランナーが横に並び、一気に抜き去られた。まるで心臓を、ギューっとつかまれたみたいだった。

11番の背中のゼッケンが、離れていく。差を詰めようとすればするほど、足が空回りしているみたいに差が広がっていく。苦しくて呼吸のテンポがやたらと速くなった。

背後からの足音が、さらに走哉を脅かした。もう怖くて振り向けない。あっという間に、25番、4番が立て続けに走哉を抜いて行った。

悪夢を見ているようだった。手も足も完全に萎縮《いしゅく》してしまい、勢いを失った。

また抜かされた。

ずるずると沼の底にひきずりこまれていくみたいに、順位を落としていく。一体、今、何位なんだろう。

最終コーナーを曲がると、ゴール地点が見えた。あと五百メートル。

沿道には、右にも左にも応援者がいっそうふえた。歓声がけたたましい。

この中をさらし者みたいに走るくらいなら、このまま身をひるがえして、いっそのこと逃げてしまいたい。

さらに失速しかけた、そのときだった。

あらしのような歓声の中、ひときわ大きい野太い声がひびいた。

「走哉ー。ラストだっ！　ペースをあげろ！」

父さんの声だ！　父さんが来ている。

走哉はうつむきがちになっていた顔を上げた。ゴール地点にまっすぐ目をすえる。涙で視界がぼやけそうになる。つらくてもう上がらないと思っていた脚を、必死に蹴りだしてみる。

「そうだ、まだいけるっ。走り切れー！」

沿道の人だかりをぬって伴走しているのか、途中まで父さんの声が背中を押した。

すぐ前を行く6番のゼッケンが近づいてくる。走哉は6番に並び、抜き去った。

次は18番。18番のランナーは相当バテてきたのか、左右に体がゆれている。ペースがいきなり落ち、差がぐいぐい近づいた。

そのとき、沿道からポニーテールの少女が、突然飛び出した。

そして、あわてて少女の両肩をおさえ、抱えるように引き戻す少年。

ひらり?

陸?

お兄ちゃーん、ガンバレー、という声が遠ざかっていく。

まだいける! 前へ。前へ。あと少し!

残っているはずのない、予想もしなかった力が、体の奥底からわきあがってきた。

18番を抜くと、31番も抜いた。

あと二百メートル。ゴールが見えてきた。

あそこの人だかりの中に、康介が、ジュンが、大樹が、そしてヒロシが待っている。

トップを走る11番の次に4番が続いている。そこから少しあいて25番。

四位までもどした。三位との差は五、六メートルくらいか。

どのランナーも沿道の声援に励まされ、スパートをかけてきている。

あと一人。あと一人抜かせば、三位だ。せめて三位に入らなくては。

なんとしてでも、メダルがほしい。

走哉は最後の力をふりしぼった。

少しずつ、25番との距離が縮まってきた。

ゴールラインが見えてきた。

あと五十メートル。

11番はすでにゴール目前だ。4番も続いている。

25番との距離はあと二メートル。25番の背中から肩甲骨が浮き出て、苦しげにゼッケンをゆらしている。

さっきの走哉みたいに、25番の耳にもせまってくる走哉の足音が、聞こえているのだろうか。25番がちらりとうしろを振り向いた。顔がゆがんで見える。

苦しいのも怖いのも、おたがいさまだ。

でも、負けるわけにはいかない。

「走哉ー、ラストー」

「行けー、走哉ー」

「走哉ー」

康介の声に、大樹やジュンの悲鳴みたいな声が重なる。

走哉は、ただやみくもに足をフル回転させた。呼吸など、もうどうなっているか分からない。

あと三十メートル。

あと十メートル。

あと五メートル。

あと二メートル。

走哉が25番に並んだ。

ゴールラインに向かって、身を投げ出すように飛び込んだ。

走哉の右肩が、瞬時の差で、ゴールラインをとらえた。

沿道にひきずられるようにして運ばれた走哉は、しばらくして目をあけた。折り重なるようにのぞきこむ、はじける笑顔のすきまから、水色一色、無地の空が見えた。

「走哉……やったな!」

「すげぇ……」

みんなの歓喜の声が、とぎれとぎれに降ってきた。

駅でみんなと解散したあと、父さんが、陸もいっしょに回転ずしをごちそうしてくれた。

「走哉。お前、走りの基礎が出来てきたな」

昼間からビールを飲んで、顔を赤くした父さんが言った。走哉は、照れかくしに、かっぱ巻きを口につめこんだ。

店から出ると、父さんの少しあとを、走哉と陸とひらりは三人並んで歩いた。

かたむきかけた太陽に、父さんの影は巨大に伸びて、リズムを取るようにひょこひょこゆれている。

「そういえば、かおりたち女子チームはどうだったんだろう？」

走哉が思い出したようにたずねた。

「二十位くらいじゃなかったかな。女子だけのチームの中では、上の方だったと思うよ」

「おぉ。やったねぇ」

「それより、走哉。もう一回メダル見せて」

「またぁ？」

と言いつつ、にやける口もとを抑えられない。

陸はメダルを手に取ると、

「結構、重たいよね」

と、手のひらにのせたメダルの重みを確かめるように、軽くゆさぶった。

「でも、おれのせいで、金メダル逃しちゃったしな」

少し間を置いてから、陸がさらりと言った。

「ヒロシもね、優勝できなかったのはおれのせいだって、言ってたんだよ」

「えっ……」

歩みが一瞬、止まりかけた。

「走哉がゴールして、まだへばってたとき」

「そう、だよな……。ヒロシが走っていれば、優勝してたもんな」

高揚していた気持ちが、シュッと音を立てるようにしぼんだ。

そして、当たり前のことを、忘れていた。

走哉が背負ったプレッシャーと同じプレッシャーを、ヒロシも背負っていた、ということ。

陸は、首もとに巻いていたチェックのマフラーの先を、片手で払った。

「そしたら、康介たちはヒロシにね、そんなふうに言うなって。走哉はよくやった、今までで一番速かったって。だからメダル取れたんだって、言ったんだ。ヒロシも……そうだなって」

目の奥が熱くなった。

「うん、お兄ちゃん、速かったよね。いっぱい抜かしたもんね」

ひらりが無邪気に言う。

抜かされたところ、ひらりは見てないからな。

「なぁ、ひらり。どうして陸といっしょに見てたの？」

「お父さんといっしょに応援に行ったのに、気付いたらお父さんいなくなってて、いつのまにか陸くんがそばにいたの。ね？」

ひらりが陸の顔を見上げた。ポニーテールの髪先がぷらぷらゆれている。

「うん」

急に吹いた横風が陸の前髪をさらって、陸がちょっぴりはにかんでいるのが分かった。

部活

1

年が明けると、小学校生活も残りわずかとなった。

中学受験のために、休んでいる児童がぽつぽついるせいなのか、それとも、授業らしい授業ではなく、卒業準備に使う時間が増えたせいなのか、冬休みの前と後で、教室の空気が変わった。

担任の先生が、『卒業まであと〇日』という、お手製の日めくりカレンダーを、黒板の横にはったせいだろうか。

学活の時間にドッジボールをすれば、「あとみんなで何回できるか」という話になり、給食でプルーン発酵乳が出れば、もうこれが最後かも知れないという話になる。

新しい時を重ねていくというより、小学校生活最後に向かって、時をうめていく空気に変わったのだろうか。

そして今、黒板には「小学校の思い出」「将来の夢」という卒業時お決まりのお題が書かれている。卒業文集にのせる作文のテーマだ。

「小学校の思い出」に取りかかった走哉の鉛筆は、迷うことなく動きだした。

タイトルは『メダル』。

駅伝大会は、だれにもさわらせたくないくらい大事な思い出だ。頭の中の映像を、いったい何度巻き戻したことだろう。走哉はほおづえをついて、駅伝のシーンをまた最初からたどり直した。

学校からの帰り道、陸が小石をけとばしながら言った。

「卒業文集にのせる作文、もう書けた？」

「うん。まだ途中だけど」

「ねぇ、走哉は将来の夢ってなんて書いた？」

「まだ、思い出の方しかやってないんだ」

きっと、陸は書けたかどうかを聞いているんじゃなくて、将来の夢を聞きたかったんだろうけど、答えをはぐらかした。やっぱり口で言うのは、ちょっと照れる。

「陸はなんて書いた？」

「ぼくは、工学博士」

陸は即答した。

「ハカセ？　すげぇ！」

堂々と言う陸が、なんだかまぶしい。

陸は冬休みに、ゲーム好きが高じて、自分で新しいゲームを作ってしまった。いかに高く遠く、そして速く風船を飛ばすかというシンプルなゲームだけど、みんながみんなおどろいた。

陸のお父さんが帰国したときに、簡単なプログラミングを教えてもらったらしいが、休み明け、冬休みの自由課題にノートパソコンをかかえてきたときには、学校中の話題になった。

陸のハカセ像って、なんか分かる。

「アメリカのマサチューセッツ工科大学ってとこに行きたいんだ」

「マ、マサ？　それって難しいの？」

「難しいなんてもんじゃないよ。世界の大学ランキングのトップクラス。東大でも三十位くらいだからね」

「えぇ〜」

走哉はのけぞった。

「ぼくの成績でこんなこと言ったら、みんなに笑われちゃうから、だれにも言わないでね。こんなこと走哉にしか言えないよ。ま、単なる野望だからさ」

軽い口調とはうらはらに、長い前髪からすける目はすんでいて、そして力がある。

「でも、なんで、そのマサなんとか大学なの？」

「冬休みにつくったゲームの作成ツールって、小学生でも出来るような簡単な仕組みなんだけど、マサチューセッツ工科大学で開発されたんだ」

陸って、こんなにしっかりしてたっけ。いつもいっしょに帰って、いっしょに話して、いっしょに遊んでいたのに。

知らないうちに先をこされていたみたいな、さびしさなのかあせりなのか、ちょっぴり胸がざわついた。

「ねぇ、走哉。中学のあの話、お父さんたちに言ってみたの？」

このところずっと抱えている悩みをふいに突かれ、心臓がピリッと反応した。

「ううん、まだ。今日、相談してみようと思うよ」

「がんばってね。ぼくもがんばるから」

「お、おう」

走哉はごくりとつばを飲み込んだ。今日こそ話さないと、時間切れになってしまう。

夜になって、ひらりが寝たのをみはからうと、父さんが遅い夕食を食べている食卓に走哉は顔を出した。走哉は息を吸ってから、話を切り出した。

「それって、越境入学ってこと？」

母さんは、目を大きく見開いた。

「うん。おれ、どうしても上郷《かみごう》二中に行きたいんだ。一中には……」

ここで、少し言葉を区切った。

「一中には、陸上部がないから」

走哉の通っている平戸《ひらと》小学校は、上郷第一中学校の学区になっている。

父さんがはしを、ことりと置いた。

母さんは、横でおしだまっている父さんをちらりと横目で見てから、小さくため息をついた。

「まず、そういう気持ちがあるなら、どうしてもっと早く相談しないの？　もう入学まで三カ月もないのよ」

母さんの声はめずらしく、とがっている。

「ごめん」

「それに、なんでわざわざ、小学校の友だちがだれもいない中学に行くの？　陸上をやるためって、もし途中でいやになったらどうするの？」

「……………」

「一中には陸上部はないかも知れないけど、他の部活に入って、今までみたいに、早朝ランニングを続けるんじゃダメなの？」

首が、重力にひっぱられるようにたれていく。

「走哉」

父さんが、母さんの質問のシャワーをさえぎった。

「別にアスリートになるわけじゃないんだろ」

父さんの眼光に押されて、あごをひいた。

ぜったいにそうくると思っていた。

父さんは、おれくらいの実力で、越境なんかする必要ないって言ってるんだろ。

予想はしていたが、現実に言われると、心にどっさりと重しがのっかる。

「分かってる。分かってるけど、陸上やってみたいんだ。それに……」

「それに？」

出そうか出すまいか迷っていたカードを、なかばヤケクソで出した。

「こないだの駅伝大会のときに、二中の陸上部の顧問の先生に、中学でも走るといいって、おれ言われたんだ」

母さんが、遠慮などまるでなく、首を横にひねった。

「走哉が？　康介くんたちじゃなくて？　本当に二中の先生なの？」

「うん。二中の陸上部も、駅伝大会の中学の部に出てたんだ。準優勝だったよ。その先生、二中のジャージ着て生徒たちといっしょにいたから、間違いない」

そこからで体のひきしまったその先生は、表彰式に行く前、たまたまひとりでいた走哉の肩をたたいた。真っ黒に日焼けした顔に白い歯をのぞかせて、「いい走りだった」とも言ってくれた。

わざわざ言いに来てくれたのか、偶然そこにいたのか、だれにでも言っていたのか、正直そこのところはよく分からない。

「ヒロシくんだっけ？　陸上でスカウトされて私立の中学に行くって言ってたわよね。きびしい言い方になってしまうけど、そういうのとは違うのよ。分かるよね？」

いつも味方になってくれる母さんが、ここまで反対するのは、想定外だった。でもそのおかげか、反論に勢いがついた。

「分かってるよ。でも、おれ中学では陸上やりたいんだ。走りたいんだ」

父さんの下まぶたが、ぴくりと動いた。

「走哉の言いたいことは分かった。あとは父さんと母さんで話す」

父さんはこの場はこれで終了とでもいうかのように、リモコンでテレビをつけた。

次の日、走哉は学校に着くと、教室の入口で陸の姿をきょろきょろ探した。すると、後ろから逆に声をかけられた。

「おはよう」

走哉が話す前に、その顔は笑顔の準備をしている。

「陸。父さんが、いいって言ってくれた！　まだ中学校に認められるかどうかは分からないけど、これから母さんが、小学校と区役所に相談に行ってくれることになったんだ」

「やったね。走哉」

陸は、両こぶしをこきざみに振った。

「ようし。ぼくも、もうひと押しがんばるよ」

「えっ？」

そう言えば、昨日も陸は「ぼくもがんばる」って言ってた。

「パソコン部って、二中にしかないんだ」

陸が、ニヤッと笑った。


走哉は、卒業式の前日に卒業文集が配られると、真っ先に自分のページを開いた。

最後まで迷った、将来の夢。

陸が「工学博士になりたい」と書いたように、たいていは将来就きたい職業が書かれている。でも、走哉はどうしても仕事のイメージがわかなかった。

原稿を提出するまぎわまで、幼稚園のころにあこがれていた「パイロット」と書いては消し、消しては書いた。ピンとこない。無難にすませられるけど、自分の心にうそをついているみたいでもある。

本当のことをいうと、正月にテレビで見た、箱根《はこね》の大学駅伝のランナーの姿が、ずっと胸の奥でくすぶり続けていた。

職業ではないけれど、夢といったら、だんぜんこっちだ。

箱根の山道を果敢に駆け上る駅伝ランナー。

「山の神」と言われたランナーが、苦しい上り坂を、むしろ楽しげに軽快に走る姿に、まるで血が沸騰したみたいに興奮した。

いよいよ、小学校は明日《あした》で終わりだ。

走哉は、卒業文集のページをゆっくり閉じた。

『将来の夢　箱根駅伝に出場すること　橋口《はしぐち》　走哉』

2

上郷第二中学校の入学式の日は、おだやかに晴れた。

体育館での式が終わると、生徒たちは各教室に向かった。

上郷二中の学区には三つの小学校が入っている。最初は整列して歩いていたが、だんだん列が乱れて、おそらく同じ小学校出身なのだろう、顔見知り同士がなんとなくくっついてろうかを歩いている。

「三組には春日《かすが》小の子、九人もいたんだって。ずるくない？　四組なんて五人だよ。これじゃ本郷《ほんごう》小の勢力に押されちゃうよね」

走哉のすぐ後ろを歩く女子たちが、ひそひそおしゃべりしている。

平戸小学校からきたのは、走哉と陸の二人だけだ。

今朝、入学式が始まる前に配られたクラス分け表を見て、陸がぽつりと言った。

「クラス、離れちゃったね」

四クラスあるので、同じクラスになる方が当然確率は低いし、多分別々にされるだろうと思っていた。

でも、ろうかのずっと先を歩く陸の後ろ姿がちらりと見えたとき、急に心がすうすうした。今すぐ追いかけてつかまえたい。

「部活どうする？」

ひそひそ声から「部活」という言葉をキャッチし、走哉の耳がぴくりと動いた。

「私は、バスケにしよっかなぁ、と思ってる。ねぇ、いっしょに仮入部してみない？」

「うーん、考えとく」

さっきの入学式では、駅伝大会のときに会った陸上部の顧問の先生の顔を、見つけられなかった。

きゃしゃな陸の姿が他の生徒にかくれてしまった。首をのばしてみても、体を横にずらしてみても、陸の姿はもう見えなかった。

教室に入ると、プリントがわんさか配られた。前の席からまわってくるプリントのなかに、月間予定表を見つけると、部活がいつから始まるのか、走哉は日程を指でたどり始めた。

「すみませーん。回してください」

さっき、後ろを歩いていた女子から肩ごしに声をかけられ、あわててプリントを回した。となりの女子と目くばせをしているのが分かる。

走哉は少し首をすくめるようにして、ふたたび月間予定表に目を落とした。

仮入部は来週から二週間で、正式入部届は四月末日となっている。

胸が勝手にはずんでくる。

明日からでも陸上部に行ってみたい。部活のことを考えると、クラスに一人も知り合いがいないアウェイな気分も吹っ飛んだ。

翌日は離任式があった。新入生にとっては、お世話になった先生もいないわけだから、ただ参列しているだけ、という気の抜けた式だ。

離任する先生たちが、壇上に立ちならんだ。

「あっ」

ぼんやりしていた走哉の口から、思わず声が飛び出した。

まわりにいた生徒の目が、いっせいに集まった。思わず口もとを手で押さえた。

離任していく先生の中に、あの陸上部の顧問の先生の姿があった。スーツを着ているので雰囲気は違うが、あの真っ黒に日焼けした顔は間違いない。

やがて、先生たちの紹介が始まった。

「高畑《たかはた》先生は、保健体育教諭として、本校では六年間勤めてくださいました。生徒のみなさんの体力向上にご尽力され、また、自らが陸上選手というご経験を活《い》かし、陸上部顧問としても熱心にご指導くださいました」

拍手とともに、生徒から花束が手わたされた。

体育館の床がぐらりとゆれた気がした。全身の力が抜けていく。

駅伝大会のとき、声をかけてくれたことを、運命の出会いみたいに感じた自分は何だったんだろう。

あの先生が、二中のランナーたちを集めて激励している姿を見た。自分もいつかあの輪の中に入って、先生の指導をあおぐ姿を想像していた。

あの先生が言ってくれた。

「中学でも走るといい。いい走りだった」って。

それなのに……。


翌週になり、仮入部が始まった。

練習を始める前に、校庭の朝礼台のうしろに、陸上部員が集合した。春とは思えない冷たい風が、緊張でかちかちになった首すじをなでた。

陸上部には、走哉の他に男子が二人と女子が一人、仮入部にきていた。最初に三年の部長からあいさつがあった。

「部長の堂本《どうもと》です。短距離と走り幅跳び、やってます。今、陸上部は男子が四人、女子が二人。はっきりいって、存亡の危機に瀕《ひん》してます」

ここまで言ったとき、部員から失笑がもれた。

「今までたっかんの力で持ってたような部だもんな。たっかん、いなくなっちゃったしなぁ」

たっかんというのは、どうやら転任してしまった高畑先生のことらしい。

「今度の小池《こいけ》、全然やる気ねぇぜ」

そういえば、高畑先生の代わりに陸上部の顧問になった先生は、一年生が初めて参加する日だというのに、姿を見せない。

「二年、うるさい」

堂本がキッとにらんだが、口をはさんだ二年生は肩をすくめた程度だ。上下関係はあまり厳しくなさそうだ。

「なので、是非、君たち一年生には入部してもらいたいと思っています」

「それ、プレッシャーじゃね？」

「そっか。まだ仮入部なんで、気楽にしてて」

堂本は頭をかいた。

「ま、そうはいっても名前も分からなかったら呼べないから、名前と出身校くらいでいいから、簡単に自己紹介してくれるかな。あ、もし、やりたい種目とかあればそれも。じゃあ、君から」

右はじに立っていた走哉は、いきなりさされ、ピキッと背筋がのびた。

「は、橋口走哉です。平戸小学校出身です」

ここまで言うと、さっきの二年生らしき部員の一人が口をはさんだ。

「平戸？　平小って一中じゃねぇの？　引越でもした？」

「いぇ……」

「じゃ、なんで。小学校でイジメにあったとか？」

興味しんしんでつっこんでくる。目は、あきらかに面白がっている。

「おい、田村《たむら》。いい加減にしろ」

堂本の厳しい声に、田村という部員はさすがに口をつぐんだ。

走哉は、思い切って口を開いた。

「一中は陸上部がなかったから。陸上やりたくて、二中に越境入学しました」

「有望じゃねぇか」

田村の声とともに、堂本の目も期待に輝いた。

「ね、速いんだろ？　五十メートルのタイムいくつ？」

田村が顔を寄せてきた。

「あ、あの……。ぼく、短距離じゃなくて、長距離やりたくて」

「ふ〜ん。長距離かぁ」

田村はひょうし抜けしたような声を出した。

「こないだ卒業した代には、長距離の先輩もいたんだけど、今のメンバーにはいないんだ」

堂本がフォローするように言った。

駅伝大会で高畑先生を囲んでいた選手たちは、もう卒業してしまったということなのか。

「わざわざ越境してくるぐらいだから、長距離、結構やってたんだ？　長距離っていっても、小学生じゃ中距離だろうけど」

遠まわしな言い方をしながら、実力はどのくらいかと田村が探りを入れてくる。走ったあとでがっかりされるくらいなら、今、正直に言った方がいい。

走哉は自分を素のままぶちまけた。

「ぼく、速くないです。走るのが好きなだけです。駅伝、やりたいんです」

「駅伝？　それだけで、二中に来ちゃったの？　熱いねぇ。ってか、変わってね？」

「おい、田村」

堂本が、髪の毛がつんつん立っている田村の頭をペシッとたたき、笑いがもれた。

たたかれた田村ではなく、自分が笑われている気がして、走哉は目をふせた。

自己紹介がとなりの男子生徒にうつった。

岡田《おかだ》という細身の子は、小学生のときに、すでに五十メートルを七秒台で走っていたらしく、一気にその場がわいた。田村がはしゃいでいる。堂本もうれしそうだ。

同じ場所にいるのに、自分の目の前にだけ、見えないカーテンがひかれているような気がした。とんでもなく場違いなところにきてしまったみたいだ。

やがて、練習が始まった。

ストレッチが終わると、トラックではなく、グラウンドのはしぎりぎりをアップで走り始めた。グラウンドは野球部やサッカー部も使うから、それぞれじゃまにならないように、ゆずりあって練習しているようだ。

仮入部の一年生は、列の一番後ろについて走り、走哉は最後尾についた。

走り出すと、気分が少し落ち着いてきた。

吸って、吸って、はいて。

吸って、吸って、はいて。

走りは、心を浄化してくれる。

しばらくすると、となりを走っていた岡田くんがペースを落とした。走哉が振りかえると、片手で小さく手招きをしている。

走哉もペースを落として岡田くんに並んだ。すると岡田くんが、走りながら肩を寄せてきた。背の高い走哉は、少し猫背になって首をかたむける。

「陸上部、どうする？」

「えっ？」

一瞬、意味が分からなかった。

「あ、そっか。橋口くんは、陸上部に入るために二中にきたから、選択の余地はないか」

「岡田くんは、他の部も考えてるの?」

「う～ん。陸上やろうと思ってたけど、なんか想像していたのと雰囲気ちがうかも。人数も少ないし。活気がないっていうか。剣道とかも見に行ってみようかな」

「剣道?」

「うん。ちょっと武道にあこがれてんだよね」

「でも、岡田くん、足速いんだからもったいないよ」

「う～ん」

岡田くんは、ふたたびうなった。

前を走っている仮入部の女子が振りかえったので、二人はあわてて、間をつめた。

想像していたのと雰囲気ちがう——。分かる気がする。

仮入部、一日目が終わった。

昇降口でくつをはきかえるとき、知らずのうちに陸の下駄箱を目で追っていた。パソコン部は先に終わってしまったのか、陸の下駄箱には、うわばきがきちんとそろえられていた。

三十分の道のりを一人で歩くかと思うと、気が重い。

家に着くと、走哉の好物のスープのにおいがただよっていた。走哉はキッチンに直行し、

「今日、ボルシチ？」

と、勢いこんだ。

「あったりー」

母さんが子どもみたいに、人差し指を立てた。

「陸上部、どうだった？」

「まぁ……ん」

歯切れの悪い言葉を、愛想笑いでかぶせた。

「そう。これからよね。なんか今日、ちょっと肌寒くない？　お父さんはがっつり肉系が好きだけど、たまにはいいわよね。暑くなってきたら、しばらくお別れだし」

母さんが大鍋《おおなべ》をかき回すと、その横顔が湯気でくもった。きちきちにはりつめていた体から、力が抜けていく。

「うまそっ。先に着替えてくる」

走哉は、自分の部屋にダッシュした。

3

二週間が経ち、仮入部の最終日を終えた帰り道、走哉はうつむきがちに歩いていた。仮入部の間、一日も休まず陸上部に通った。正式入部届は、週明けには提出することになっている。

迷っていた岡田くんは、剣道部に決めてしまったのか、途中から顔を出さなくなった。

初日にきていたもう一人の男子生徒も女子生徒も、たった一日しかこなかった。名前すらもう思い出せない。途中で一、二日顔を出した生徒もいたが、それっきりだった。

このままでは、おそらく新入生の入部は走哉だけになってしまう。

想像していたのと、違う。

全然違う。

熱心な顧問の先生の指導のもと、仲間と競い励まし合いながら、練習に励む姿を思い描いていた。駅伝大会のときに見た、高畑先生と陸上部員のイメージが、頭に焼きついていた。

新しい顧問の小池先生は、ちっとも練習に出てこなかった。

部長の堂本は一生懸命なのだが、二年の田村はまぜっかえすことばかり言う。

部活の練習を体験して、陸上競技が個人競技だということも、あらためて身にしみた。最初のストレッチやアップはみんなでやるが、あとは短距離や高跳びなど、種目に分かれて練習する時間が多い。

となると、ますます士気が高くないと、どんよりと間延びした部になってしまう。

それぞれの練習メニューは、通称「たっかんファイル」とよばれる高畑先生が毎日準備していたメニューが書かれたファイルから、堂本がピックアップする。

でも、堂本は自分自身の練習もあるし、みんなをずっと見てくれているわけではないから、張り合いがない。

――もし途中でいやになったらどうするの？

二中に行きたいと言ったとき、母さんに言われた言葉が頭によみがえる。走哉はくちびるをかんだ。

そのとき、ずっと前を歩くダボダボのブレザーを着た男子生徒の姿が目に入った。

となりには、見慣れない巨体の男子生徒がいる。当然二人とも制服だが、まるで親子みたいだ。

「陸」

思わずひとりごちて、走哉は走り出した。

「よっ！　追いついた」

陸の肩をパンとたたいた。

「あ、走哉！　なんか久しぶり。部活の帰りに会うのって初めてだね」

陸の顔がパッと明るくなった。陸のとなりを歩く、縦も横も大きな男子生徒も、ひかえめな笑みを浮かべた。

「高橋《たかはし》くん、この子が走哉。前、話したでしょ。陸上やりたくて、平小から二中に来た友だち」

「どぅも……」

たがいに、ぎこちない会釈をした。

「走哉、高橋くんはクラスもいっしょなんだけど、パソコン部もいっしょなんだ。ねっ」

陸が高橋くんに向ける笑顔で、二人のうちとけた関係が分かる。

「陸上なんて、すごいな。ぼくはスポーツはからっきしダメだから」

高橋くんが巨体をゆすりながら、ヨイショしてくる。自尊心をくすぐられるはずのヨイショも、走哉の胸には、チクンとささる。

「いや、全然すごくないよ」

思いのほか、つっけんどんな言い方になってしまい、高橋くんの目はちょっとゆれたように見えた。

でも、すぐに高橋くんは柔和な顔にもどり、

「ぼくさ、実は柔道部にスカウトされたんだ。この体だからね。でも、やっぱ辞退しておいた」

と、自分で言って自分で笑った。つられて陸も走哉もくすりと笑った。

高橋くんって、きっといいやつだ。

陸と高橋くんは、高橋くんと別れる角まで、パソコンのプログラミングの話を夢中でしていた。走哉にはちんぷんかんぷんで、話に割り込むすきもなければ、すべもなかった。

住宅街が続く、そのずっと先のオレンジ色の空が、ゆっくりグレーに変わっていっ

た。陸が白いほおを紅潮させて、興奮気味で話しているのを横目で見た。

胸に小さな穴があいて、そこから冷たい空気が入ってくるみたいだった。

陸も二中に越境入学するって聞いたとき、本当のことをいうと、ちょっと陸のことが心配だった。

陸は体が小さい。ぜんそくもあって体調をくずしやすく、学校もよく休む。小学校のときは、間違いなく目立たない存在だった。

けれど、平戸小では意地悪なやつもいなかったし、陸がいじめられたりすることはなかった。でも、二中では走哉しか知り合いがいない。多分同じクラスにはなれないし、部活も違う。

自分のことを棚に上げて、陸だいじょうぶかな……って、心のすみでこっそり心配していた。でも、そんな心配は、まったく無用だった。

そもそも心配だなんて、優越感を感じていたことの裏返しじゃないのか。思いあがっていただけじゃないのか。

もうすでに、陸は、新しいクラスでも部活でも、自分のポジションを見つけている。

そして……楽しそうだ。

高橋くんと別れたあと、陸が言った。

「走哉、陸上部はどう？　週明けからいよいよ正式入部だね」

本当は陸に聞いてもらいたかった陸上部のグチは、のどにつっかえたままだった。

「ん……、まぁまぁかな」

「顧問の先生は、がっかりだったね」

「だね」

その先、話が続かなかった。

家に帰ると、ひらりがブスッとした顔で、リビングのソファに寝そべっていた。ソファの右端から、グレーと黒のしま模様のひざ下がたらんとたれている。シマウマの脚みたいだ。

「ただいま」

走哉が声をかけると、「うん」しか言わない。最近のひらりは、しょっちゅう不機嫌だ。

「母さんは？」

「しょうゆ切らしたとかで、スーパーに買いに行った」

「ふーん」

走哉が、そのまま自分の部屋に行こうとすると、

「ちょっと、お兄ちゃん聞いてよ！」

ひらりがいきなりガバッと体を起こした。

横になっていたせいで、おしつぶされたポニーテールが、ひん曲がっている。

「ど、どうした？」

ひらりのけんまくに押されて、あごをひいた。

「お父さんったら、ひどいの」

「なんだよ、いきなり」

「だって、わたしもお兄ちゃんみたいに、陸上部に入りたいから、二中に行きたいって言ったら、ひらりは女の子だからどうかな、だって。ムカつく」

「あぁ」

気の抜けた返事に、ひらりはますます語気を強めた。

「そしたら、お母さんも、二中は歩いて三十分もかかるから、暗くなってから女の子が一人で帰るのは危ないとか言っちゃって」

「あぁ、それはそうかも。父さんも、そういう意味で言ったんじゃね？」

「えぇ〜。お兄ちゃんまで」

　ひらりはくちびるをつきだした。

　最近は急に背も伸びて、あどけなさがなくなってきたと思っていたが、こういう顔をすると、だだをこねていたときの幼い顔にもどる。

「だって、実際、冬場なんてすぐ暗くなっちゃうし、同じ方向に帰る人だっていないだろ。ひらりが入学したとき、おれはもう卒業しちゃってるし」

「お兄ちゃんだけ、ずるい……」

　ひらりの目に涙がたまっていく。

　走哉は背負っていたリュックを、どさりと床においた。

「なぁ、ひらり。これから、中央公園に走りに行こうか？」

「えっ、今から？　もう暗いよ」

「おれがいっしょなら大丈夫っしょ」

「お兄ちゃん、部活やってきて疲れてないの？」

「疲れたけど、明日《あした》は休みだから。あ、でも腹減ったからなんか食わせて」

「アンパンあったよ」

　ひらりの声がはずんだ。

「おまえ、髪なおせよ」

「りょうか〜い」

さっき涙でうるんでいた目が、もうきらきらかがやいている。

中央公園につくと、もう月がぽっかりあがっていた。静まりかえった公園は、春のもわんとした湿気をふくんだ空気に包まれている。

トラックが、青白い外灯に照らされて、浮かびあがった。ここで、ヒロシや康介たちと駅伝の練習をしたことが、ずっと昔のように思い出された。

陸上でスカウトされたヒロシは、どうしているだろう。優秀な指導者や部員に囲まれ、順調なスタートを切っているだろうか。

絶対に、サッカー部に入るといっていた康介。あいつはしっかり者だから、もうみんなからたよりにされているかもな。

大樹とジュンは、バスケにしようかって言ってたけど、結局どうしたかな。

みんなに会いたい。

せつない気持ちが、波になって胸に押し寄せてきた。

突然、ひらりが、ぽつりと言った。

「お兄ちゃん、こういうの、おぼろ月夜っていうのかな」

走哉も空を見上げた。

「そうだな。そういう歌、あったよな」

「月が空ににじんでるみたい」

二人して、かすみがかった月をしばらく見上げた。

「そうだ、ひらり。クラス替えあったんだろ？　今年もリレ選、いけそうか？」

「今年は強敵がいる」

「女子で？」

「ん。転校してきた子。速いらしい」

「マジか。じゃ、スタートダッシュの練習やる？」

「うん、やるっ」

ひらりがうなずくと、ポニーテールも元気よくはねた。

スタートダッシュの練習を終えて、ひらりが休けいしている間、走哉はトラックを二周走った。

吸って、吸って、はいて。

吸って、吸って、はいて。

目の前の地面を、一歩一歩蹴《け》りだし、呼吸に集中する。

春の空気はほのかな甘い香りがする。

からだのすみずみまで、しっとりした空気に包まれていった。


公園からの帰り道、ふと思いついた。

「ひらり、二中は無理でも、陸上部がある私立、調べてみたら？」

「私立って？　受験？」

「うん。ヒロシみたいに陸上でスカウトっていうのも、ひらりならありかも知れないけど、やっぱり勉強して入った方がいいよ」

「お父さん、受験させてくれるかな」

「勉強するって言ったら、やらせてくれそうな気はする」

「勉強かぁ……」

ひらりは両腕を組んで、うなるようなため息をついた。

「私、ぜったいに陸上部のある学校に行きたいんだ。勉強、しよっかなぁ」

おれたちには「走りたい」遺伝子があるんだな。

走哉は、ひらりのからりとした笑顔に苦笑した。

4

夏休みが目前にせまり、三年生の引退試合にあたる秋の市大会が近づいてくると、しゃきっとしなかった部活の空気が、少しずつ変わってきた。

何より、田村が変わった。堂本をはじめとする三年生がいなくなると、次期部長は田村しかいない。

もう一人の二年生の石井《いしい》は、おとなしすぎる。二年の女子の崎山《さきやま》も「部長なんてぜったいにムリ」と今から宣言している。

田村も部長というキャラではないが、堂本に「お前しかいないから」と言われたときには、「マジかよ」と返しながら、口もとがニヤついてしまうのを、必死でこらえていた。まんざらでもないのが、手に取るように分かる。

走哉も、秋の市大会ではデビュー戦となる千五百メートルを走る。それを勧めてきたのは、田村だ。

「まぁ、今、走哉が試合に出ても、参加賞って感じだけど、経験を積むのもいいことだからな」

「試合ですか！」

走哉の胸がトンとはねた。

「人数が少ない部活っていうのは、こういうときおトクだろ。なんなら、短距離も出てみる？」

「いぇ、それはいいです」

「バカ。冗談だよっ」

田村はガハハと笑った。

三年生になると、放課後の補習が始まるので、堂本はときどき部活に遅れてきた。二中は公立中学でも、このあたりでは勉強熱心で有名だ。

堂本が遅れてくるとき、走哉は「たっかんファイル」の中長距離メニューのページをくった。

ストレッチ。アップ。インターバル四百メートル×六本……

インターバル四百メートルというのは、最初の二百メートルは全速力で走り、あとの二百メートルをジョギングペースで走ることだ。最終的には、八十秒から八十五秒で走るのが目標だが、走哉にはまだまだ全然無理だ。

梅雨の合間、久しぶりに太陽が顔を出した、ある日のことだった。

この日も堂本は練習に遅れていて、田村のかけ声のもと、部活の始まりのストレッチを、輪になってやっていた。

夏を思わせるような暑さだったが、室内トレーニングが続いたせいもあって、外を走れるのがうれしい。走哉はかけ声にあわせて、リズムよく屈伸した。開脚屈伸する脚も、しなやかに伸びる。

ふと、校舎を見上げると、窓から顔を出した二人が、こちらに手を振っている。大小のコントラストで、すぐに陸と高橋くんだと分かった。

走哉は片手をさりげなく目のあたりまで持っていって、二人に応《こた》えた。目に差し込んでくる太陽がまぶしい。

そのとき、堂本が制服姿のまま、血相を変えて飛び込んできた。

機嫌良く号令をかけていた田村の声が、はたと止まった。

「どうしたんすか？　えらくあわてて」

「田村。ヤバいことになりそうだ」

「ヤバいって？」

田村の眉間《みけん》がしぼられた。

「今、秋の市大会の要項を小池先生のところに取りに行ったんだけど、先生に三年生が引退したら、陸上部何人になるかって聞かれて……」

田村の首が、部員の輪にそってぎこちなく動いた。となりの石井、二年女子の崎山、そして走哉に目がうつっていった。

「よ、にん。四人ですよね。ってか、小池は人数も知らねぇのかよ」

「ま、それはおいといてだな。小池先生が言うには、五人いないと部がヤバいらしい」

「ど、どういうことっすか？」

田村の口が「か」の形のまま、止まっている。

「このまま人数が増えないと、来年、廃部になるかもって」

「ハイブ？」

空気がいっぺんに凍りついた。

「ちくしょう」

はき捨てるような田村の声に、早く生まれてきてしまった蝉のかぼそい声が重なった。

部活が終わって、昇降口のところに行くと、ろうかのかべにもたれて立っている人影があった。上の方にある小窓からもれるあわい光に、茶色がかった髪がきらきらかがやいている。まるで後光がさしているように見えた。

「り、く？」

陸がパッと顔を上げた。

「やっぱり。今日はパソコン部、長かったの？」

「ん、まぁね」

「高橋くんは？」

「今日は急いでたみたい。先に帰ったよ」

「そっか」

「いっしょに帰ろうよ。走哉が着替えるの、待ってるよ」

「おぅ」

部活のあいだ、ずっと張りつめていた心が、ふっとゆるんだ。急いで着替えてもどると、陸は笑顔を向けてから靴にはきかえた。

「パソコン部、どう？」

話したいことが、胸のなかでうごめいているのに、いったん話しだすと止まらなくなりそうで、走哉は、わざと違う話を振った。

「うん、週に一回しかないけど、楽しいよ。二中にきてよかったと思う。走哉が越境入学するって言わなかったら、とてもぼくだけじゃ勇気が出なかったと思うけど」

「そっか」

「パソコンなんて、一人でも出来るじゃんって思うでしょ。でも、仲間と考えたり、アイディアを出し合ったりする方が、何倍も楽しいんだ」

「ん……」

走ることだって、仲間とやっていた方が楽しい。

「ぼくが楽しそうにしてるんで、お母さんも、やっと安心したみたい」

「……よかったな」

「今ね、小学生のときに初めてつくったゲームの進化版を考えてるんだ。風船を速く飛ばすゲーム。走哉、覚えてるかな?」

「あぁ」

話が途切れた。

小学生のころは、あんなに毎日いっしょにいたのに、話がつきなかった。というか、沈黙だとか、そういうことを意識すること自体なかった。

陸上部のことを話し出すきっかけもつかめないまま、陸がぽつぽつ話すプログラミングの話を聞き流していた。

つまらなそうにして悪いと思う。沈黙をさけるために、陸が無理に話してくれてるんじゃないか、とも思う。

「そうだ、走哉。モンパニの第三弾、もうやった？」

急に陸がはずんだ声をだした。

モンパニというのは、モンスターパニックという、いつか陸の家でやらせてもらったゲームのことだ。

「モンパニかぁ。最近ゲームやってねぇ」

「そっかぁ。陸上部、忙しいもんね」

走哉の歩みが止まった。

――陸上部。

陸がきょとんとして、走哉の顔を見上げている。

「陸上部、なくなっちゃうかも……」

神様は、おれに走るなって言っているのかな。

涙が急にこみあげてきて、顔がゆがんだ。

また何日も雨が続いた。

今日の部活は、室内トレーニングを中止して、ミーティングになった。

部員勧誘について話しあうことになっている。

走哉が堂本のクラスである三年二組の教室に入ると、もう女子部員の崎山が来ていて、堂本と話していた。

「ポスターの効果、出てないですか？」

イラストが得意な崎山は、数日前の廃部危機の話があった次の日にはもう、家で描いてきたという部員勧誘のポスターを、校内掲示板に貼った。

「今のところは、まだ」

「そうですか。やっぱりポスター見て来ました、なんて人はいないかな」

崎山の声が沈んだ。

「まだ、分からないよ。やれること、なんでもやろうよ。崎山がすぐにポスター作ってくれて、マジでうれしかったよ」

堂本が励ますように言った。

やがて、他の部員も教室に入ってきた。田村はいかにもふてくされた顔をして、堂本の前すれすれを横切り、一番はしの席に座った。一瞬、堂本の下まぶたがぴくりと動いた気がした。

あいさつをちゃんとしなかったせいだろうか、走哉は内心ひやひやした。

「田村。お前、におうぞ」

低い声だが、はっきりした声だった。

「はぁ？」

間の延びた返事とうらはらに、田村はあわてたように、制服の袖《そで》のあたりを左右かわるがわる鼻におしあてた。

「陸上部がこんなときに、何か問題でも起こしたら、どんなことになるか、お前、わかってんだろうな」

感情を抑えようとしている分だけ、おれがたばこ吸ったとでも思ってんの？」

「マジかよ、センパイ。おれがたばこ吸ったとでも思ってんの？」

堂本はしかめっ面のまま、うんともいやとも言わない。

「やってらんねぇな。おれんちせまいから、部屋に制服つってると、おやじが吸ったたばこのにおいが、いやでもつくんだよ」

言いながら、だんだん激昂《げきこう》してきている。田村の顔に血が上った。

「センパイはいいよ。引退試合出て、卒業しちゃえば陸上部のことなんて関係ねぇもんな。心配してるふりして、内心は三年で助かったって思ってんだろっ」

堂本がこぶしをにぎりしめた。手の甲に、骨が浮き上がっている。

崎山は、今にも泣きだしそうだ。

そのときだった。

「あのぉ、陸上部の見学に来たんですけど……」

教室の入口から、この場の雰囲気に不釣り合いな、ボーイソプラノみたいなすんだ声がひびいた。

「見学！」

号令がかかったみたいに、みんなそろって入口を振りかえった。

走哉の体がフリーズした。

「陸……」

「なに、走哉の友だちか？　走哉、さそってくれたんだ」

てのひらを返したように、田村は、いきなりはずんだ声を上げた。走哉は首をゆっくり横に振った。

「掲示板のポスター、見てきました」

崎山の眉《まゆ》が、はね上がる。堂本が陸に近付いて、やさしく声をかけた。

「一年生?」

「はい」

「今は、帰宅部?」

「いえ、パ、パソコン…」

言い終わらないうちに、陸が苦しそうに咳《せ》きこみだした。じんじょうな咳ではない。

「だいじょうぶ?」

崎山がかけよって、思わず背中をさすった。

陸は咳が落ち着くと、話を続けた。

「すみません。ちょっとぜんそく持ちで。天気が悪いと調子悪くて」

田村が、堂本の方をちらりと見た。

「さっき、パソコンって言いかけたよな? パソコン部に入ってるの?」

田村がいぶかしそうな目で陸を見た。

「はい。パソコン部に入ってますけど、パソコン部は週一回だけなんです。兼部してもかまわないと、顧問の先生からも部員からも了承を得ました。あとは、陸上部のみなさんが良ければ」

と言いながら、陸はまた咳きこんだ。

すかすかの教室に咳がこだまする。陸のきゃしゃな肩が上下した。咳が落ち着くと、教室の静けさがきわだった。雨は激しく窓ガラスをたたいているのに、ミュートボタンを押したみたいに雨音は聞こえてこない。

「ごめん。せっかく来てくれたのに、体のこと言って悪いんだけど、さっきぜんそくがあるって言ってたよね。スポーツは大丈夫なの？」

堂本の口調は、なるべく陸を傷つけないようにと気づかってか、小さい子どもをさとすみたいだった。

「はい。運動しても大丈夫ですが……あまり、その、やれないと思います」

とたんに場がしらけた。田村が貧乏ゆすりを始めた。

陸はひと呼吸おいた。

「ぼく、陸上部のマネージャーになりたいんです」

貧乏ゆすりがぴたりと止まった。

「マネージャー!?」

田村の声がひっくり返った。

みんなの驚いた目が、陸に集中する。

「マネージャーって、うちの中学の部活じゃ聞いたことないんだけど……。先生、認めてくれるかな」

堂本が思案するように腕を組んだ。

「ちょっと、待ってください」

走哉が立ち上がった。気付いたら陸の近くにかけよっていた。

「陸、何言ってんだよ。お前がわざわざ二中にきてやりたかったのは、パソコン部だろ」

「だから、パソコン部、やめるわけじゃないよ。もちろん、続けるよ」

「だけど」

走哉が言いかけると、田村も大またで近づいてきて、言葉をかぶせた。

「おい、走哉。せっかく来てくれたのに、なにネガティブなこと言ってんだよ。マネージャーだって部員としてカウントされるはずだろ。そしたら、三年が抜けても部員は五人になるよな」

「でも……」

「それとも何か？　お前、他にだれか入部するやつ探してくるって約束できるのか？」

走哉は押しだまった。

結局、この場は、堂本がまず小池先生に打診をしてみることに決まって、お開きになった。

「ねぇ、崎山。消臭剤持ってない？　今朝スプレーし忘れた」

田村はすっかり、ご機嫌になっている。

「消臭剤？　そんなの持ち歩いてないよ」

「お前、それでも女子か」

「うっさい」

崎山のトーンも明るい。みんな、陸の申し出を喜んでいる。

走哉の胸にだけ、行き場のないもやもやが、ぐるぐるうずまいた。


帰り道、陸と二人きりになると、走哉は待ちかまえていたように口を開いた。

「陸、お人よしすぎる」

陸は、まっすぐ前を向いたままだ。黒い大きな傘が、陸の表情をおおいかくしている。

「お人よし、だけじゃないんだ」

「だけじゃない？」

「何言っても、言いわけみたいに思われそうだから、今日はいいよ」

耳の奥がキーンとした。

「陸がおれのこと心配してくれてんの、分かるよ。だからって部活まで」

「走哉、小学生のときにね。お母さんに無理矢理つきあわされて、クラシックのオーケストラ、聴きにいったんだ」

このタイミングで、関係ない話を始めた陸に、無性にいら立った。

こめかみのあたりで、脈がズキズキ音を立てている。

「そのオーケストラは、ピアニストが有名な人だったんだけどね、ぼくはほとんど寝てた」

あいづちを打たなくても、陸は話し続けた。

「だけど、ほんのちょっとのあいだ、ぱっちり目が覚めた。小鳥の声が聞こえた、と思ってね。それはね、クラリネットの音だったんだ。ぼくはそのとき、一瞬のソロを吹いた無名のクラリネット奏者から、目が離せなかった」

陸、ごめん。話についていけないよ。沈黙の方がまだマシだよ。だまってくれよ。

そうしないと、ひどいこと言っちゃいそうだよ。

「走哉が、走ってたときも同じだった」

「え？」

いらいらが、ぷつりと切れた。

「駅伝大会での走哉の走り、目が離せなかった。特別速いわけじゃないのに。なんでだろう。友だちだからかなって思ったけど、それだけじゃないんだ」

傘を通して聞こえる陸の声は、フィルターごしに聞いているみたいだった。

「自分でもよく分からない。でも、高畑先生にも声かけられたんだよね。ひょっとしたら、ぼくにも見る目があるのかな、なんて思ったよ」

「声かけてもらったのは、おれだけじゃないかも知れないし……」

「そうかも知れないけど、そうじゃないかも知れない。だったら、自分だけに声かけてくれたって信じてた方が、楽しいよ」

陸が横を向いて、にやっと笑う。

「だな」

走哉もつられたように笑い返した。

「あれ？　雨やんでる」

傘をたたんだ陸の顔は、晴れ晴れとしていた。

5

夏休みも残り一週間となり、秋の市大会がそこまで見えてきた。夏休みの練習はふだんの練習と比べるとずっとキツいが、サッカー部や野球部とは時間をずらしているので、グラウンドを自在に使えるのはうれしい。

陸上部員として正式に認められた陸は、うだるような暑さの中、毎日体操服を着て練習にやってきた。

細くて白い腕は、半袖《はんそで》のラインをさかいに、真っ赤に日焼けしている。ほおにはそばかすが増えた。

ライン引きに石灰をつめたり、選手のタイムなどの測定や記録、休けい時間に冷たいおしぼりを配ったりと、地味な仕事ばかりだ。

ストップウォッチの計測の仕方で、田村には怒鳴られてばかりだったが、陸は予想外に楽しそうだった。

部員からも重宝がられ、とりわけ堂本など三年生や崎山には可愛がられた。

「りっくん、何持ってきたの？」

ある朝、陸が黒いバッグを肩からさげて現れると、崎山が声をかけた。

「これ、タブレット端末です」

「今日は、パソコン部もあるんだ？」

「ではなくて、陸上部で使おうと思って」

「陸上部で？」

崎山が首をかしげた。

「はい。ぼく、高畑先生のファイル、このタブレットに全部入力してきました」

「たっかんファイルを？」

いつの間にか、堂本もそばに来ていた。

「タブレットにデータを入れておくと、いろいろ分析にも使えるし」

「へぇ、さすがだな」

堂本が感心するように、うなずいた。

「ちょっとぉ、センパイ。もう時間過ぎてますって！」

遠くでアップを始めようとしている田村が、しびれを切らしたような声をあげた。

「あいつ、最近調子悪いから、イライラしてるよな」

堂本がこめかみのあたりを指でかいた。

「いつもは時間にルーズなくせに。やつあたりよ」

市大会を目前に、記録が伸び悩んでいる田村は、このところいつも気が立っている。

次期部長として田村に寄せられていた期待も、陸が入った新鮮さが強烈すぎて、近ごろはすっかりうすまってしまった。

アップが終わると、種目別の練習に分かれた。百メートルを三本走り終えた田村が、いきなり大声をあげた。

「おい、陸。お前ちゃんと計ってんのか。おれがそんなタイム出すとでも思ってんのかよ」

インターバルでグラウンドのはしぎりぎりを走っていた走哉の耳にも、怒声がひびいた。

陸がうなだれているのが見える。田村はまだ頭ごなしに怒鳴っている。田村の勢いに、陸がどんどん小さく縮んでいくみたいだ。

走哉は見ているのがつらくなって、目をそらそうとした。が、田村が急に陸の胸ぐらをつかむのが目に入って、思わずスピードをゆるめた。陸の足が宙に浮きそうになる。

幅跳びの練習をしていた堂本も気付いて、あわててかけよった。走哉の足も、陸に向かってかけだしていた。

「田村。分かるけど、測定のことぐらいで、そんなにカッカするなよ。陸だって、そのうち慣れてくるよ」

堂本がなだめるように言う。

「こいつ、おれのこと、ナメてんだよ」

田村のツンツンした髪の間に汗が光っている。

「ナメてる?」

じりじりと焼けつくような太陽に、田村の頭頂から湯気がたちのぼっているようだった。

「こいつがよ。おれは体が硬いから、もっと柔軟をやったらどうかだってよ」

堂本は困ったように、首をかたむけた。

「すみません」

陸は消え入りそうな声でつぶやいた。

「てめぇ何様だよ。だれに向かって言ってんだよ。ぼくが陸上部を救ってやったって、ヒーローぶってんじゃねぇよ。うぜぇんだよ」

田村の真っ赤なひたいから、玉の汗が噴き出た。

「田村、分かった。もうやめろ」

堂本が田村の背中をたたいた。

部活が終わると、堂本など三年生は、塾の夏期講習があるからとそっこうで帰った。

走哉たちが藤棚の下のベンチで涼んでいると、陸がタブレットを出した。

「りっくん、何するの?」

崎山の問いかけに、陸が顔をあげた。

「メモしておいた、今日の記録を打ちこもうと思って」

「さっそく、やるんだ」

崎山が、タブレットの画面をのぞきこんだ。

おいしげった藤の葉の間を、ぬうように差しこんでくる日の光が、陸の顔にまだらもようを作っている。

遠くで鳴き続ける蟬の声が、ベンチの静けさを余計に強調させた。

走哉は、トレーニングウェアを脱いで、背中の汗をふきながら、ちらりと田村の様子をうかがった。田村は、少し離れたところのベンチに両手をついて、だらりと腰をかけたままだ。くちびるは、まだ不満そうにとがっている。

ようやくソックスを脱ぎ出したかと思うと、いきなりまるまったソックスを陸にめがけて投げつけた。

ソックスは陸の頭にあたって、地面に転がった。陸は何が起こったか分からないとでもいうように、びっくりして顔をあげた。

「ソックス、洗ってこいよ」

陸の顔が、田村の方を向いて静止した。

「マネージャーだろ」

「ちょっと。何言ってんのよ。そんなの、マネージャーの仕事じゃないでしょ」

崎山の声がとがった。

「マネージャーの仕事なんて、もともと決まってねぇだろ。陸上ド素人のやつが先輩に指導するのが、マネージャーの仕事だっていうのかよ」

崎山がくちびるをかんだ。

「ぼく、洗ってきます」

陸が言った。

やめろよ。陸。断れよ。

心の中ではさけんでいるのに、走哉の口からは吐息さえも出てこなかった。

「もう片方、ください」

陸が田村に向かって、手を伸ばした。

世界で、おれほどちっぽけなやつはいない。

自分のふがいなさと情けなさで、走哉はしおれてしまいそうだった。


陸は毎日、田村のソックスを洗って、こっそりわたしていた。

崎山も石井も、だれも口にしなかった。

走哉も同じだった。二人きりのときも、ソックスのことを言い出せなかった。

陸はお母さんに何か言われないのだろうか。

お母さんにもないしょで洗っているのだろうか。

陸が、汗とどろにまみれた田村のソックスを手洗いしているかと思うと、胸がつまった。


夏休み最後の日、陸は練習が終わると、いつものようにこっそりではなく、リュックから堂々とソックスを取り出した。きれいに折りたたまれた五本指に分かれた赤いソックスが、ビニールの袋に入れられている。

走哉の胸が波打った。

堂本はおや、という顔で、崎山と石井は心配そうなまなざしで、陸の動きを追った。

「田村先輩。昨日のソックス」

田村は陸が差し出したソックスを、奪うようにつかみ取った。

「先輩。気付いたことを言ってもいいですか？」

「な、なんだよ」

あせった田村の目が、バツが悪そうに泳いだ。

「陸上は素人のぼくですけど、ぼくなりにいろいろ調べてみました」

「だから、何なんだよ」

田村が、あごをひいた。

「先輩の癖が分かったんです」

「癖？」

田村がいぶかしそうに、首を少しかたむけた。

「先輩のソックスのうすくなっているところ、どれも同じ場所なんです」

「かかとだろ。そんなの誰だってそうだよ」

「かかともそうなんですけど、小指の下のところ。しかも、どのソックスも右足だけなんです」

田村の顔からいら立たしげな表情が、潮が引くみたいにすっと消えていった。

「右足の小指の下？　どういうことだよ」

「はい。ぼくが調べた範囲だと、着地が柔らかくできていないと、ソックスの小指の下あたりに穴が開くみたいなんです。しかも先輩の場合は、右足だけ」

「右足、だけ」

田村が言葉を地面に落とした。

「こないだは怒られてしまいましたけど」

陸はここで一度言葉を切った。

「田村先輩の体が硬いって感じたのは、そのせいかも知れないです。着地がふわりじゃなくて、ドンってなっていて、しかも右だけで、それで……」

「分かった」

田村は、手元のビニール袋に目を落とした。

「陸。もう洗濯はいいからな」

田村は礼をいうように、陸に片手をあげると、首からかけたスポーツタオルで顔の汗をぬぐった。

陸との帰り道、走哉は胸がいっぱいで、

「陸、ほんとにお前はすごいよ」

と言うのが、せいいっぱいだった。

「走哉。ぼくこないだ、陸上部のマネージャーになったのは、お人よしだけじゃない
って言ったの、覚えてる？」

「うん……」

陸は確かに、走哉が「お人よしすぎる」ってなじったとき、「お人よし、だけじゃ
ない」って言っていた。

「あのね。パソコンのゲームを考えているうちに、人が速く走ることに、すごく興味
がわいてきたんだ」

「ゲーム？」

「あの風船を速く飛ばすゲーム。パソコン上の風船でも、風船の形、重さ、風の強さ
や当たり方、気温、いろんなことを考えるでしょ」

「そりゃそうだろうな」

「そんなことを考えていたら、人が速く走るには、どんな要素が関わるんだろうとか、

速く走るための肉体のメカニズムとか、なんだかすごく知りたくなって」

「へぇー」

すごすぎて、へぇーの続きが出てこない。

「それから、走哉の走りにひかれたのは、なんでだろうって。バランス？　でも、まだ謎」

陸の前髪が、風を受けてふわりと浮いた。

いつもかくれているおでこだけが、日に焼けずに白く残っている。

「卒業文集の将来の夢さぁ。ぼく、工学博士って書いたでしょ」

「うん。マ、マサ、えっとなんだっけ？」

「あぁ、マサチューセッツ工科大学ね。最初はお父さんみたいな電子工学をイメージしてたんだけど、今はスポーツ工学もいいかなって思いだしてる」

「スポーツ工学？　そんな学問があるんだ」

「うん。スポーツって人間の究極の動きだもんね」

今までの何倍も何倍も、陸がたのもしく見えた。

6

秋の市大会の日がやってきた。

走哉は初めての試合に緊張して、ゆうべはよく眠れなかった。

走哉と陸は、いい場所にテントを張るために、早朝から市営競技場に乗り込んだ。陸上競技会は朝から夕方まで行われるため、選手たちの体力温存のためには、出来るだけ長く日かげになる場所をキープすることがとても重要だ。

田村から念をおされていたのは、正面スタンドの一番高いところだ。スタンド席の最上段の奥には、樹木が植わっているスペースがあり、風も通るので絶好のポジションだ。

走哉たちは、開場前から門の前に並び、門が開くと同時にダッシュした。走哉は正面スタンドの最上段まで上がると、桜の大木に片手をついて息を整えた。ブルーシートをかかえた陸があとから階段をかけ上ってくる。

走哉は陸に向かって親指を立てた。ブルーシートを広げて腰をおろすと、ホッとため息がもれた。もうそれだけで、ひと仕事終えた気持ちだ。

真っ青な空に、手でちぎったみたいな雲が、ぷかぷか浮いている。

左手には野球場にあるような大きなモニター画面、眼下には競技場が広がっている。まだだれもいないトラック。レンガ色のゴム製の地面に、真っ白なラインがくっきりと浮かび上がっている。

あそこを走るのかと思うと、興奮が背筋をはいあがってきた。しかも今日は、堂本たち三年生の引退試合だ。自分のこともそうだが、すべてに気が抜けない。

陸はマネージャーらしく、まだみんなそろってもいないのに、メンバー表やコール時間を何度も確認している。

コールというのは、競技開始前の選手の召集、点呼のことで、所定の時間と場所でコールを受けないと失格となる。いわゆるコールもれだが、マネージャーまでついていながらコールもれなど、絶対にあってはならない。

やがて、堂本を先頭に、他の部員が連れだってやってきた。小池先生も今日はさすがに、所在なさそうに一番後ろにくっついてきている。おろしたばかりみたいなジャージを着ていて、どちらが引率者だかって感じだ。

田村は荷物を置くなり、「トイレ」と言ってかけていくと、あっという間に全速力でもどってきた。

「はえーな」

　堂本が苦笑すると、

「あそこのテントに、たっかんがいる！」

　田村は肩で息をしながら、少し先のテントを指さした。

「えっ、たっかん！」

　みんなの目が、とたんにかがやいた。

　いわれてみれば、今日は市大会なのだから、高畑先生に会えてもおかしくない。なのに、うっかりしてだれもそのことに気付いていなかった。

「田村、もう、お前あいさつしたの？」

　堂本の声がせいている。

「いや、先にみんなに知らせようと思って」

「マジ。みんな、行こうぜ。小池先生、すみません」

　堂本が小池先生に軽く頭をさげると、

「どうぞどうぞ」

　小池先生は目を細めて、おだやかに笑った。

「行く？」

走哉が陸にたずねると、

「行こうよ。ぼく、高畑ファイルで聞きたいことあって。今は質問できないかも知れないけど、あいさつはしておかなきゃ」

そう言って、陸はタブレットを小脇に抱えた。

「よし」

走哉も立ち上がって、先を行く堂本たちの背中を追った。

高畑先生は、上郷二中陸上部のメンバーに囲まれ、本当にうれしそうだった。黒びかりしそうなほど日に焼けた顔に、真っ白い歯がかがやいている。

ひと通り先輩たちがしゃべり終えると、高畑先生が走哉と陸の方に目を向けた。

「あ、先生。こいつら今年入った一年生」

と、田村が先輩風をふかすと、

「そうか。いつも田村のめんどうを見てくれて、ありがとう」

高畑先生が返し、部員たちはドッとわいた。

「先生、それはないっしょ」

田村はくちびるをとがらせ、ぶうたれている。高畑先生はほほえみながら、今度は真面目に言った。

「はじめまして。二中陸上部、きびしいかも知れないけど、がんばってな」

高畑先生の目を見ていたら、言おうと思っていたわけではない言葉が、ぽろりとこぼれた。

「先生とは……はじめてじゃないんです」

部員のみんなが、きょとんとする。

陸だけがわけ知り顔だ。

「ごめん、どこかで会ったかな」

高畑先生が頭をかいた。

「去年の磯田区駅伝大会です。ぼく、平戸小学校の六年で出場してました」

「平戸の六年って、確か入賞してたよね」

陸がとなりで、うなずいているのが分かる。

「思い出した！」

高畑先生が、両手を打った。

「うん。あれは、いい走りだった」

高畑先生が深くうなずいた。

走哉は、飛び上がりたい気持ちを、必死でおさえた。

先生はきっと康介たちのこと、言ってる。

でも、いいんだ。

先生が平小のおれたちのこと、覚えてくれてただけで、マジでうれしい。

「オレンジ色のハチマキ、巻いてたよね」

走哉の動きが瞬間、止まった。

「アンカーの子でしょ」

陸がこっちを向いて、やったね、という顔をした。

千五百メートルのコール時間がせまった。

走哉はシューズのひもをもう一度確かめて、立ち上がった。陸がタブレットの画面から、目だけをあげてアイコンタクトを取ってくる。走哉は軽くうなずいた。

おれの夢は変わってない。

箱根駅伝に出ることだ。

「よし、これからだ！」

走哉はその場で軽くジャンプすると、集合場所に向かって走り出した。

小鳥の憧憬《しょうけい》

1

あんなにも気をつけていたのに、夜中にぜんそくの発作が出てしまった。今朝はおさまっているが、多分学校には行けない。咳《せき》がおさまっても熟睡できず、うつらうつらとしているうちに朝になってしまった。

普段は何も意識しない呼吸が、いったん発作がおきると、どんどん気道がせまくなって暴れだす。

ヒューヒューと喉《のど》を通る和笛のような音は、針の穴くらいになってしまった気道を空気が必死にすりぬけている様を思わせる。

目覚まし時計に手をのばした。午前六時を回っている。

陸はベッドから起き出すと、パーカーをはおってこっそり部屋を出た。となりの部屋ではお母さんが寝ている。

ろうかをしのび足で抜けた。寝不足のせいで体がふわふわする。リビングをそろそろと横切って、ベランダの外に出た。

十二月を間近にひかえた空気は、思ったより冷たい。血の気のない顔がぴりりとした。気道を刺激しないように、口に手を当てて慎重に空気を吸った。

マンションの最上階からは、住宅街のずっと先まで見わたせる。東の低い空がぼんやり明るくなっていく。夜から朝にかわっていく空を、重たい頭でぽかんと見つめた。

ちょうどそのとき、ひとりの少年が、マンションの真下に広がる中央公園に走って入ってきた。

「走哉！」

反射的に、ひとりごちた。

十月の運動会が終わったくらいのころから、走哉が中央公園のグラウンドで早朝ランニングをしているのは知っていた。早く目が覚めてしまって、たまたまベランダに出たとき、走っている走哉を見つけた。

まだだれもいない公園。

こんなすんだ空気の中を走ったら、気持ちいいだろうな。

自分が走っているわけでもないのに、なんだかすごく自分まですがすがしい気持ちになった。

それから、朝早く目が覚めると、ベランダから走哉の姿を見るのが習慣になった。

走哉は陸のことに、まったく気がつかない。

まさかこんな時間にベランダから見ている人がいるなんて、思いもしないのだろう。

走哉がとても走りに集中しているように見えて、わざわざ声をかけることもしなかった。

学校で会っても、ランニングの話はとくにしなかった。

それがいつからか、走哉は公園を走らなくなった。

コースを変えてしまったのかな、と最初は思った。

だけど、走哉が出たがっていた駅伝大会に、補欠でのエントリーが決まったあとだから、そのせいかも知れないと内心気になっていた。

せっかく早く目が覚めて、ベランダに出たときに走哉が走っていないと、なんだか損をしたような気持ちになった。

それから何日か過ぎ、陸が学校を休んだ翌日のことだ。

走哉がまた走っていた。

陸は軽い興奮を覚えた。思わず、走哉に手を振った。

テレパシーでも通じたかのように、走っていた走哉がふと顔を上げた。

走哉は、そっこうでマンションの真下にかけ寄ってくると、上を見上げて片手を大きく旋回させた。

しばらく無言でたがいに手を振り合った。それから走哉はいったんのけぞり、両手をメガホンにして声を張り上げた。

「今日は、学校来れるー？」

たぶん走哉が今まで出した中で一番の大声が、陸の耳に届いた。

こんな朝にそんな大きな声出したら、マンション中のみんなにまる聞こえだよ。

陸は頰をふっとゆるめて、両手で出来るだけ大きな円を作った。

あの日からは、朝早く目が覚めても、なるべくベランダに出るのをがまんした。走哉も気が散るだろうし、なんだかストーカーみたいだし。

でも、今日はこっそりベランダに出てみた。

「走哉！」

走哉は陸のことなど、まったく気にもとめず、まっすぐ前を向いて走っている。鉄板でも入れているかのように、腰はピンと張っている。

いよいよ明日《あした》が本番だね。駅伝大会。

陸が胸のなかでつぶやいたとき、

「陸、ダメじゃない。そんな寒いところに立ってちゃ」

眉《まゆ》をひそめたお母さんが、サッシを勢いよく開けた。

お母さんの目の下は、うっすらとクマでふちどられている。思わず目をそらせた。

きっと、ゆうべの発作のせいで、お母さんもほとんど眠れなかったのだろう。

「お願い。せっかくおさまったんだから——」

陸はお母さんの続きの言葉をさえぎるように、サッシの前に立ちはだかるお母さんをよけて、部屋につんのめるようにして入った。

「何でベランダなんかに出てたの？　こんな冷たい空気の中」

お母さんの顔が、逆光のせいですごみを帯びた。

「走哉が走ってた」

陸は、ぽとんと言葉を落とした。

「あぁ、前も走ってるとこ見たって言ってたね。走哉くんは走るの、好きなのね」

お母さんの口調が、ふっとやわらかくなった。

「ん。明日の駅伝大会に、走哉のチームが出るからさ」

陸は自分のことみたいに、意気込んだ。

「へぇ。走哉くん、走るんだ。それで早朝練習かぁ。すごいね」

「いや、走哉は補欠だけど。でもね、平戸小で最強のチームなんだ」

陸は鼻をふくらませた。

「ふぅ〜ん」

気のないリアクション。威勢のよかった陸の言葉は受けとめられず、そのまますべっていった。

「ねぇ、陸。今日は学校休んで、家でゆっくりしていようね」

お母さんはいったん言葉をここで区切ったあと、声を低くした。

「学校には、また風邪って言っておくの？」

「うん、そうして」

陸はなめ下に目を走らせた。お母さんが、肩をすくめた。

陸は低学年のころ、しょっちゅう学校を休んでいて、クラスの子たちから「ぜんそくで体の弱い子」と思われていた。

それがすごくいやだった。

かかりつけの医者の言うことを、陸は本当に律義に守った。

朝晩のステロイド剤の吸入。疲れをためない。無理をしない。喉《のど》を守るために、乾燥する時季のマスクは必須《ひっす》。

医者は言った。

「きちんと治療を続けていれば、小児ぜんそくは、十二、三歳ごろまでには五十パーセントの子どもが治ります」と。

確率は半々。

ぼくは絶対に治る方の半分に入る。絶対に治すんだ。

三年生になると、症状が改善され始め、五年生になってからは、普通の子よりは多いけれども、たまに学校を休む程度になった。そして、六年生になると、朝晩二回だった吸入薬も朝だけになった。

もちろん昨日の夜みたいに、発作が起こってしまうと、吸入を追加したり、気管支拡張剤のテープを湿布みたいに体に貼ったりする。それでもおさまらないときは、救急外来にかけつけて点滴を打つこともあった。最近こそ行くことはなくなったが。

「ぜんそくで体の弱い子」と思われたくない。

だから、陸は学校を休むときには「風邪」だと言ってもらっている。

もちろんお母さんは、毎年担任が変わるたびに、担任の先生にぜんそくのことを入念に伝える。高学年になってからは、体育もみんなといっしょにやっているから、お母さんはかえって心配らしい。

もしものときのために、陸のランドセルには、いつも吸入薬がしのばせてある。

それでも、わざわざみんなには知られたくない。

ぼくは、もうすぐ治るんだから。


「でも、今日が金曜日でよかったわ。明日とあさっても、家でゆっくり休める」

お母さんは自分が休めるみたいに、ホッと肩で息をはいた。

「えっ、お母さん。だから、明日は駅伝大会だよ。ぼく、応援に行くんだけど」

陸はあわてて言い返した。

「何、言ってるのよ。明日は寒くなるのよ。外で応援なんて、絶対に無理よ」

お母さんは、とんでもないという風に目を見ひらいた。

「大丈夫だよ、そんなの」

「だめだめ」

「やだ、絶対に行く。応援するんだから」

険しい空気が部屋にただよい出す。

「だって、走哉くんが走るわけじゃないんでしょ」

胸がガサッとした。何か言葉をぶつけてやりたい。

でも、陸は押し黙った。

お母さんなんて、なにも分かってない。言っても無駄だ。

「さ、早く着替えて朝ごはん食べてちょうだい。お母さん、その間に陸の部屋、おそうじしちゃうから」

食卓についてひとりもそもそ、ごはんを押しこんでいると、カウンターに置いてある陸のスマホが鳴った。メールの着信音だ。

お父さんからだな。

コンピューターのエンジニアのお父さんは、五年前から単身赴任でパリで仕事をしている。パリは十一月から冬時間に変わって、日本より八時間遅いはずだから、今は夜の十一時前くらいだ。

見なくてもだいたい察しがつく。お母さんがゆうべの発作のことを連絡したんだ。

スマホを邪険につかんだ。

――おはよう。パリは急に寒くなって、お父さんはあわてて真冬のコートを出したよ。今日は学校休むんだってね。ゆっくりしてな。

鼻からふんと息を出した。

だいじょうぶ？　とはあえて聞いてこないけれど、お父さんの心配がスマホの画面ににじみ出ている。

いちいちお父さんに知らせなくたっていいのに。

お母さんが陸の部屋に掃除機をかける音が、キンキン耳にささる。

掃除機のあとは、フローリングの水拭《みずぶ》き掃除。もちろん、陸の部屋だけではない。リビングも食卓も廊下も。これを一日に二回やっている。ハウスダストやダニは、ぜんそくの大敵だからだ。

ありがたいと思っている。自分のためにやってくれているのも、痛いほど分かっている。毎日毎日大変だと思う。

なのに、最近心がもやもやしてしまうのは、なぜだろう。

咳《せき》ひとつで、お母さんがぴくりと反応するのを見ると、ついイラッとしてしまうのはなぜなんだろう。

最近になって、ときどきプーさんのぬいぐるみのことを思い出す。

幼稚園の年少のときに初めて、ディズニーランドに行って買ってもらった、大好きだったぬいぐるみ。寝るときはもちろん、ご飯を食べるときも、となりのいすにすわらせていた。

そしてそのころ、風邪かと思っていた、ちっともよくならない咳が、小児ぜんそくだと診断された。

ぬいぐるみはダニがつきやすいからよくない、と医者から言われた。

ある朝、目が覚めると、となりで寝ているはずのプーさんがいなくなっていた。

陸は泣きじゃくった。ふだんは、おっとりしている陸の、あまりに激しい泣きっぷりに、お父さんは陸をずっとおんぶして、外を歩き続けた。

「ほら、陸。めずらしい犬がいるよ。足がすごく細い」

「プーさん……、プーさん」

陸の涙は止まらない。お父さんのシャツの背中は、陸の涙と鼻水でぐしょぐしょになっている。

「陸、あの雲は何に見える？　お父さんにはくじゃくが羽を広げているところに見えるんだけど」

「……くじゃく？　きれいな色の？」

「そう、白いけど。雲のくじゃく。あれにクレヨンで色をぬったら楽しいだろうな。陸だったら何色からぬる？」

陸はしゃくりあげながら、ちょっと顔をずらして空を見上げた。涙でぼやけて、何度もまばたきしてみたけど、ちっともくじゃくになんか見えなかった。

「陸の体のためにね、プーさんはバイバイしたんだよ」

お父さんの肩甲骨が、陸のやわらかい頬にあたった。

それでもあきらめきれなくて、お母さんがいないときに、押入れの奥とか、クローゼットのひきだしとか、ベッドの下とか、キッチンの戸棚まで、こっそりいろいろ捜した。でも、結局見つからなかった。

あのプーさん、やっぱり捨てられちゃったんだろうか。

そしてお父さんは、陸が小学校にあがった年に、パリに行ってしまった。

しばらくしてぬいぐるみのことは忘れてしまったはずなのに、なぜか今になって、プーさんの間の抜けたようなほんわか顔が、ときおり目に浮かんでくる。

――大丈夫だから、気にしないで。

朝ごはんを半分残して、陸はお父さんにメールの返信を打った。

お父さんは返事がくるまで寝ないで待っているだろうから、早く送らないと悪い。

——そっか。安心した。

即、返事がきた。

——あのさぁ、パリでもディズニーって人気ある？　プーさんとか。

——う〜ん。ディズニーはアメリカ産だから、パリではあんまり人気ないんじゃないかな。街ではほとんど見かけないよ。

そっか……。

お父さんはまるで反応してくれない。

陸はスマホをぱたりとカウンターにふせた。

食器を流しまで運んでいると、またスマホの着信音が鳴った。

——今度、お正月に家に帰ったら、陸にプログラミングを教えてあげるからね。楽しみにしておいて。

プログラミング？

プログラミングを教えるってどういうことだろう。

——プログラミングなんて無理じゃない？

——マサチューセッツ工科大学の研究所がつくった、小学生でもできるプログラミング開発ツールがあってね。陸なら出来るよ。ゲームつくってみよう。

胸がぽんとはねた。

——ゲームつくれるの？　やってみたい！　マサチューセッツ工科大学って、フランスにあるの？

——いや、アメリカ。アメリカの、いや世界の最難関大学だよ。通称MIT。（ミットって読まないように。エム・アイ・ティーだからね）

お父さんが、「エム・アイ・ティー」とちょっとかっこつけて言っている口調が聞こえてくるようだった。

——じゃあ、東大より難しい？

——もちろんだよ。そうそう、この開発ツールをつくったMITの研究所の所長さんって、日本人なんだよ。すごいね。

日本人の野球選手が、大リーグで活躍するようなものなのかな？　どうすごいかよく分からなかったけど、お父さんが言うんだから、きっとすごいんだろう。

——楽しみにしてる！

勝手に胸がはずんできた。スマホで、さっそくMITを検索してみた。

「陸、もう食べ終わった？」

お母さんが掃除機をひっぱりながら、リビングに入ってきた。

「ん。残しちゃったけど」

「うん、無理しなくていいのよ。じゃ、自分の部屋に行って、休んできなさい」

口調はやさしいのに、追い立てられているような気持ちになった。

「お母さんも朝ごはん、ささっと食べちゃうから。そのあとリビングに掃除機かけるけど、音うるさくて眠れないかしら。先に掃除機だけかけちゃおうか」

お母さんは、ぶつぶつひとりで迷っている。

「お母さん、いいよ。朝ごはんくらい、ゆっくり食べてよ。どうせ、ぼくそんなにすぐ眠れないし。掃除機も別に急がなくていいからさぁ」

陸はうんざりしたように、口をひん曲げた。お母さんは、あてつけみたいな長いため息をはいて、ソファに身を投げ出すように座った。

革張りの柔らかいソファに、お母さんのきゃしゃな体はすっぽり沈みこんだ。脱力した両腕がたらんとたれている。

「そうね。別に急ぐ必要ないわよね」

陸は気づまりになって、スマホをつかむとリビングを出た。

ベッドで横になってスマホをいじった。

走哉もハマっているテレビゲームの「モンスターパニック」の攻略法を、ユーチューブで検索した。

アクセス数の多い動画から再生してみる。学校ではかなりゲーマーで通っている陸でさえ、目からうろこの攻略法が次々に紹介される。

ゲームの攻略法をユーチューブにアップすることで、一躍有名になった人もいるくらいだから、動画の世界はあなどれない。

駅伝大会の練習で、最近ずっと走哉とゲームをしていないが、明日《あした》の大会が終わったら、走哉にも教えてあげたい。面白い動画をスマホのお気に入りに登録しておいた。

何本かくり返し見ているうちに、だんだんまぶたが重たくなってきた。

リビングの方から掃除機の音が、近くなったり遠くなったり、BGMみたいに流れてきた。


夕方になって、インターホンが鳴った。

学校を休んだ陸に、駅伝の練習が終わった走哉が、連絡帳を届けにきてくれたに違いない。

さっきまで走哉たちの練習のかけ声が、中央公園のグラウンドからマンションの最上階まで立ちのぼってきていた。見てみたかったけど、またお母さんを刺激したくなかったので、ぐっとこらえた。応援に出かけるためには、万全を期さねばならない。

インターホンめがけてダッシュしたが、お母さんがタッチの差で応答した。

「橋口ですけど、陸くん――」

「あ、ぼくだよ」

お母さんを押しのけるようにして、陸はインターホンの前に陣取った。

走哉からは見えないが、家側のインターホンにはモニターがついていて、走哉の顔が大映しになっている。走り終えた走哉の頬は、上気しているように見える。

「陸、だいじょうぶ？」

息もまだはぁはぁしている。

「うん。だいじょうぶ」

「連絡帳とか、ポストに入れといたから」

「ありがと」

ちょっと間があいた。

「明日、いいお天気みたいでよかったね」

走哉は補欠だから、頑張ってって言うのも変だし、本当は応援に行くからって言いたかったけど、お母さんがそばにいる手前、そうも言えない。

「おう！」

モニターから走哉のはずんだ声が、飛び出した。

夜になって、そろそろ寝ようと電気を消した瞬間、スマホが振動した。

お父さんからのメールの着信を知らせるメッセージが、画面にテロップみたいに流れた。

パリは昼の二時くらいのはず。こんな時間にめずらしいと思いながら、メールを開いた。

その瞬間、暗やみがパッと明るくなった。画面いっぱいに写真が広がる。

「あっ！」

木枠のガラスの窓辺に、ちょこんと腰かけたプーさん。お父さんのアパルトマンの部屋だ。プーさんは、間の抜けたようなあのほんわか顔で、カメラに向かってポーズをしている。

本文にはこう書いてあった。

――パリで見かけたプーさん。いや、パリで見ているプーさん（笑）。

お母さんにはないしょだよ。（陸のぜんそくが完全に治るまでは、絶対に見せない約束をしているんだから！）

胸がじわじわと温かくなった。胸からあふれ出した温かい流れは、毛細血管を通って指の先まで届いた。

2

翌朝、陸は目覚ましが鳴る前に目が覚めた。窓のカーテンをうすく開けてみると、まだ外はほの暗いが、予報通りいい天気になりそうだ。

あまり早く起きると、お母さんを起こしてしまうから、七時くらいまではベッドでごろごろしていることにした。

ゆうべは、たいして咳《せき》が出なくて本当に助かった。出そうになったら、すぐに起き上がって、湿らせたガーゼの上にタオルを重ねて口元を押さえた。

隣の部屋で寝ているお母さんには、聞こえていないはずだ。

本当は、母というのは、壁を隔てていたって、どんなにかすかな咳ですら、決してのがさず気付いてしまうものだということを、陸は知らない。

天井の壁紙の浮き出るようなもようを見ながら、今日一日の計画をもう一度頭のなかでなぞった。

朝食を食べたら、図書館に行くと言って出かける。バスで三つ目の図書館の開館時間は九時半。あまり早く出ると変だけど、九時には出る。

レースは十時十五分に始まる。本当はもっと早く家を出たい。迷わなければ三十分もかからないだろうから、九時に出れば余裕で会場に着くはずだけど。

駅伝大会の会場となっている金沢重工の工場に行くのは、もちろん初めてだし、この駅を降りるのも初めてだ。ひとりで無事にたどり着けるのか、少し不安になる。

ベッドから降りて、リュックのポケットに小さく折り畳んで入れた、インターネットから印刷した案内図を取り出した。見なくても頭にしっかり刷り込まれているのだが、やっぱりもう一度確かめたい。

リュックの中味も見なおした。財布、Ｓｕｉｃａ、タオル、スマホ、念のためマスクも。それから吸入薬に気管支拡張テープ。

まさか、自分が駅伝のレースを見に行くとは、夢にも思っていなかった。

駅伝なんて、自分とはまったく縁のない世界のものだと思っていた。走哉が駅伝に出たいなんて言い出すまでは。

七時近くになって、部屋がぐんと明るくなった。

さぁ、そろそろ起きようか。

朝食をすませ、スマホで時間をつぶし、やっと出かける時間になった。玄関で靴をはいていると、

「ちょっと待って」

見送りに出てきたお母さんが、ろうかに逆もどりした。なかなか戻ってこない。陸は何度も腕時計をちらちら見た。

「今日、やっぱり寒いみたいだから、マフラー巻いて行きなさい。首元冷やさないようにね。無理しちゃだめよ」

お母さんは、いつかお父さんが帰国したときにおみやげで買ってきた、グリーンチェックのマフラーを差し出した。

いつもだったら、「いいよ、まだマフラーなんてしてる人いないよ」って、押し返したかも知れない。でも今日は素直に手が伸びた。

図書館までは、すぐ近くのバス停からバスに乗れるし、図書館の目の前にバスは停まる。図書館にマフラーをしていっても、正直じゃまになるだけだ。

お母さん、もしかして、応援に行くって分かってる？

「行ってきます」

上目づかいにお母さんをちらりと見て、陸はていねいに言った。

「行ってらっしゃい」

お母さんの声が、扉の閉まる音に吸いこまれた。


駅伝の会場に着くと、思っていたよりも、ずっとたくさんの人でごったがえしていた。ゼッケンをつけた小学生や中学生たち以上に、応援の人たちがうろうろ行きかっている。これじゃ、スタート前に走哉たちを見つけるのは、無理かも知れない。

ピストルの音が遠くで聞こえたかと思うと、歓声が波のようにうねってきた。

どうやら五年生の部が始まったらしい。

はやる胸をおさえて、とりあえずスタート地点の方に行ってみようと足を速めた。

六年生はオレンジ色のゼッケンで、走哉たちのチームのエントリーナンバーは、36番だと聞いている。きょろきょろしながら歩いた。

やがて、受付テントが見えてきた。

あ、オレンジの36番！

受付テントのすぐ先に、『36―1』の背中が見えた。

康介だ。康介が無事出場できたことにホッとした。走哉もおそらく、いっしょにいるに違いない。

人ごみをぬって、跳ねるように近づいたとたん、思わずつんのめった。

走哉？

康介のとなりで、横向きに立っている背の高い少年。どう見ても走哉だ。でも、ゼッケンをつけている。補欠もゼッケンをつけるのだろうか。

胸がざわついた。つんのめった体を立て直して、ゼッケンナンバーを見ようと、つま先だってななめに体を伸ばした。

そのとき、少年が体勢を変えた。ゆっくりと背中がこちらに向けられる。

『36―4』の数字が、陸の目に飛び込んだ。

4って、4ってアンカー⁉

陸の胸がばくんと波打った。

いったい、どういうことなの……。

そのとき、走哉たちの輪から少しはずれたところで、松葉づえをついた少年がうなだれているのが目に入った。

ヒロシ……？

ヒロシが、ぼんやりとこちらの方を向いた。どこにも焦点があってないような、うつろな目をしている。まるで、遠くの山でも見ているようだ。

立ち止まってしまった陸の肩に、行きかう人がごつごつあたっていった。

ヒロシの代わりに、走哉が走るんだ……。

背を向けているから走哉の表情は見えないが、きっと、想像するのが怖いくらいのプレッシャーを受けているはずだ。

陸は両こぶしをギュッとにぎりしめた。

せめて、頑張ってって声をかけにいこう。

そう思うのに、足が動かない。

やがて、走哉たちは召集時間が近づいたのか、スタート地点の方に移動し始めた。

『36−4』のゼッケンがどんどん小さくなる。

走哉の背中から目が離れない。

「あ、陸くん!」

急に目の前で名前を呼ばれて、陸の肩が数センチ飛びはねた。

「ひらり」

ひらりの笑顔の横に、がたいのいい走哉のお父さんが立っていた。身長は一九〇センチくらいあるのだろうか。立っているだけで威圧される。

「こ、こんにちは」

陸は姿勢を正した。

「陸くんも応援に来てくれたんだ。こう人が多くちゃ、あいつのこと見つけられなかった。陸くんは、走哉に会えた？」

「え、あ、まぁ……」

陸はあいまいにうなずいた。

「本当は、走哉といっしょに応援しながら、選手たちの走りを解説してやろうと思っていたんだが」

「………」

「走哉のチームのヒロシくんって言うんだっけ？　運動会のリレーですごくいい走りしてた子。あの子の走りが楽しみだ」

走哉のお父さんは、笑みさえうかべている。

「あの、」

陸のせまるような目に押されて、走哉のお父さんの顔が、急に真顔にもどった。

「え？」

「事情はよく分からないけど、ヒロシくん、怪我したみたいで……。代わりに走哉が、走哉が走ることになったみたいなんです」

走哉のお父さんは、ぎょろりと目をむいた。目玉が飛び出しそうだった。

「えっ！　お兄ちゃん、出るの？」

ひらりが、無邪気に歓声をあげる。

「本当か」

走哉のお父さんの口もとがひきしまった。

「え、えぇ。走哉がゼッケンつけてたの、見えたから」

「何番目に走るか分かる？」

陸は、ちょっとためらうように下くちびるをかんだ。

「アンカーです」

走哉のお父さんが、かすかにあごをひいた。

「陸くん、教えてくれてありがとう。ひらり、行くぞ」

走哉のお父さんは、すぐさまひらりの腕をつかむと、きびすをかえして大またで歩き出した。ひらりはお父さんにぐいぐいひっぱられながら、体半分後ろを振り向いて、陸に手を振っている。

あわてて腕時計を見た。スタート時間まであと十五分しかない。

陸もスタート地点を目指して、小走りで人波をぬった。


スタート地点では、すでに一走目のランナーたちがスタンバイしていた。待機するランナーたちや、スタートを見ようとする応援の人たちで、縁日のような混雑ぶりだった。とても今から沿道の最前列に出て、観戦することなど無理だ。陸は一瞬だけ、前の人と人の間に体を割り込ませて、スタートラインを見た。

スタートラインの一番前に、康介が見えた。首を左右に振ったり、肩を上げ下げしながらリラックスしようとしている。

いよいよだ。

ごくりとつばを飲み込んだ。ここじゃよく見えない。走る方向とは逆に向かって、比較的まだ空いている方へ足早に進んだ。

駅伝のコースは、工場の建屋を長方形にぐるりと囲む道路を、それぞれのランナーが一周することになっている。

スタート地点と最終コーナーの半分くらいのところまでいくと、なんとか沿道の最前列を確保できた。ゴールまで、ちょうど三百メートルくらいだろうか。

腕時計に目を落とした。あと五分でスタートだ。

天気はいいのに、ここは工場のかげになっていて、ひんやりとしていた。陸は軽く身震いすると、ゆるんでいたマフラーをしめなおした。

やがて、大空にピストルの音が突き抜けた。

大勢のランナーたちがかたまりになって、飛び出した。陸は走路に首を出して、ランナーたちの背中を見送った。道幅いっぱいに広がったランナーたちは、あっという間に最初のコーナーを曲がった。

ランナーたちの姿が見えなくなると、一面にはりつめたような空気がふっとゆるんだ。観戦している誰もが、息をつめてスタートを見守っていたに違いない。

康介。お願い。頼んだよ、康介。

陸は胸のところで両手を合わせた。

一分一分がとても長く感じられる。

中継もモニターもないから、あの集団が今どうなっているのか、皆目見当がつかない。ランナーがどのくらいのペースで走るのか知らないのに、陸は何度も腕時計を見た。

やがて、最終コーナーの向こう側から歓声が流れてきたかと思うと、先導車のエンジン音らしき振動が聞こえてきた。陸は身を乗り出すようにして、最終コーナーをにらみつけた。

先導車の頭が姿を現した。それだけで胸がばくばくしてくる。先導車がコーナーを曲がり切ると、その後ろにブルーのTシャツが見えた。

康介ではない。くちびるをかみしめた。

ブルーのTシャツのランナーは相当速いのか、次のランナーが続いてこない。実際には数秒の間かも知れないが、じりじりした。

すぐにまた、最終コーナーの向こう側から歓声が聞こえ出した。

来る！

陸は体を硬くした。白いTシャツが現れた。

康介だ！

康介がさっそうと駆けてくる。康介の姿はみるみる大きくなり、もうすぐ目の前を走る。

陸が声をかけようと、今か今かと準備していると、

「康介くーん、がんばれ——」

右手前の方で、先に声が上がった。ぱっと見ると、ひらりがその場でぴょんぴょん

跳ねている。夢中になっていて全然気付かなかったが、ひらりたちも結構近くにいたようだ。

「いいぞー、その調子！　行けー」

となりで走哉のお父さんも、両手をメガホンにして声をはりあげた。

康介はあっという間に、目の前を駆け抜けた。

通り過ぎてしまうと、背筋の緊張がほどけた。

それにしても、トップのランナーも、康介もなんて速いんだろう。もう一キロ半以上走っているのに。

そのスピードに圧倒された。

マンションのベランダから走哉たちの駅伝の練習を、こっそり見たことはあったけど、上から見ているのと、目の前を走っているのでは、全然臨場感が違う。とても同い年とは思えない。

中継地点の方から、『第二区　11番』というアナウンスが聞こえた。第二走者のスタンバイのために、中継地点の手前百メートルくらいのところで、係員がマイクでゼッケンナンバーを伝えている。

続いて『36番』というアナウンスが流れた。

次はジュンだ。

康介からジュンにたすきがつながった。

陸の目の前を、次々とランナーがすり抜けていく。つい数分前にかたまりになってスタートしたのに、あっという間にばらけてしまったのだろうか。

横腹を押さえながら、体をかたむけて走っている人。苦しげな顔を左右に振っている人。腕をもがくように、がむしゃらに回している人。

みんな息が苦しそうだ。

あんなふうに必死に走って苦しくなる呼吸は、発作がおこって苦しくなる呼吸とは違うのだろうか。

一度でいいから、思いっきり走ってみたい。

自分の限界を超えてしまうくらい、もう肺がこわれてしまうくらい、思いっきり。

今まで考えたこともなかった。

初めての渇望が、突然わきおこった。

胸がひりひりと灼《や》けていくようだった。

そのとき目の前を、同じクラスのかおりが通過した。薄い肩が右に左にゆれている。

かおりにも、知らないランナーにも、ひとりひとりに向かって、陸は心の中で声援を送り続けた。

やがて第二走者の先導車が、最終コーナーを回ってきた。

ジュンであってくれ。

陸は祈るような気持ちで、先導車の先を見つめた。

白いTシャツが目に飛び込んだ。

「やった！」

勝手に声が出た。

追い抜いたばかりなのか、ジュンは真っ赤な顔をして必死で地面を蹴《け》っている。11番のランナーが顔をゆがませて、なんとかジュンにくらいつこうともがいている。

あと少しだ。ジュン、ジュン。

『第三区、36番、続いて11番』

アナウンスが耳に入ったかと思うと、中継ラインに次のランナーが躍り出てきた。

ジュンから大樹にたすきが渡った。

大樹、頼むよ。お願い、走哉が走る前に、いっぱい差をつけて。

大樹の次がいよいよ走哉の番だと思うと、背筋がきゅんとしぼられた。

ぱたぱたと目の前を通過するランナーの足音が、一段と胸に迫ってくる。

やがて、第三走者の先導車がコーナーに頭を出すと、はじけるような歓声が上がった。

先導車さえ抜かしそうな勢いで駆けこんできたのは、大樹だ。

大樹とタッチの差でたすきがわたった11番のランナーの姿は、まだ見えない。

もう来るか？　いや、まだ見えない。

十五メートルくらいの差で、ようやく11番のランナーがコーナーを回ってきた。見ているのがつらいくらいに、へばっている。こうしている間にも、差は少しずつ広がっていくようだ。

大樹、すごいよ。ありがとう。

『第四区、36番』

アナウンスが耳を通りぬけた。中継ラインに一人のランナーが出てきた。ひょろっと背が高い。軽く足踏みしているのか、体がゆれているのが分かる。

中継ラインで、大樹のたすきを待っている。

走哉——。

——ヒロシたちのチームの補欠に入ることになった——

一生懸命、平静を装おうとして、ゆがんだくちびるからもれた、最初の苦い言葉。

昨日、インターホンごしに聞いた、はずんだ声。

まだほの暗い早朝、中央公園をひとり走っていた姿が頭をかけめぐる。

陸はまばたきをくり返した。

視界がぼやけるのは、冷たい風が目にしみるせいなのだろうか。

今、大樹から走哉にたすきがわたった。

走哉がスタートした。

走哉の後ろ姿は軽やかだ。すぐに、最初のコーナーを曲がってしまった。調子の良さそうな走哉に、少し安心した。

きっと、だいじょうぶ。大樹があんなに差をつけてくれたんだ。

大樹は、あっという間に最終コーナーを回ってきたように感じた。たすきを受けとってからいったい何分くらいだったのか、時計を確認しておかなかったことが、今ごろ悔やまれた。

陸は落ち着かなくて、手のひらを開いたり閉じたり、首をぐるりと回したりした。

ふと右手の方で、せわしなく揺れるポニーテールの先が目に入った。ひらりが不安そうに、きょろきょろしている。さっきまでそばにいた、走哉のお父さんが見当たらない。
陸はあわてて、ひらりの後ろに移動した。
「あ、陸くん」
ひらりの顔がパッと明るくなった。
「ん」
陸は軽くうなずくと、目線を最終コーナーの方にうつした。
そろそろかな。
つばを飲みこもうとしたのに、つばは一滴もなくてのどがひきつれた。
やがて、歓声に混じって、先導車のエンジン音が聞こえてきた。
先導車が顔を見せる。
走哉、走哉、走哉出てきて！
胸がはりさけそうだった。
先導車のかげから姿を現したのは、ブルーのTシャツだった。
心臓がキュッと縮こまった。
……走哉じゃない。
少し間があって、重なるようにして二人のランナーがコーナーを回ってきた。

ゼッケンナンバーを確認しようと目を凝らしてみるが、体つきからして走哉でないことは、もう分かっている。

陸の前を、トップの11番のランナーが疾走していく。まだ余力さえ感じさせる力強い走りだった。

走哉、どこ走ってる？

置物みたいにかたまってしまっていたひらりが、うかがうように陸の方を振り返る。陸は気付かないふりをして、コーナーから視線をはずさない。

次のランナーが見えた。

小柄なランナーだ。そして次のランナーも、その次も違った。

ランナーを数えていた指は、片手で足りなくなった。すでに六人のランナーが最終コーナーを回ったことになる。

走哉、だいじょうぶ？

走哉……走ってるよね？

不安のかたまりが、のどもとにせりあがってきた。

目をつぶった。シャワーのような歓声が降ってきた。思わずしゃがんでしまいそうになった。

そのとき、なぜか唐突に、マンションの真下からベランダの陸に向かって、ちぎれんばかりに腕をぐるぐる回していた走哉が、まぶたの奥にくっきりと浮かびあがった。

だいじょうぶ。走哉は走っている。

ぼくは、走哉を信じてる。

そのときだ。

背の高いランナーが、よろめくようにして最終コーナーを回ってきた。

「あっ！　お兄ちゃん」

ひらりの言葉がポンとはねた。

沿道では、アンカーたちへの声援がピークに達している。そんなあらしのような歓声の中、耳をつんざくような、いちだんと大きな声がひびきわたった。

「走哉ー。ラストだっ！　ペースをあげろ！」

走哉のお父さんは、コーナー近くまで行っていたようだ。その声に弾《はじ》かれたみたいに、走哉は顔をあげた。

少しずつ、走哉が近づいてくる。顔は真っ赤で、鬼のような形相をしている。

「そうだ、まだいけるっ。走り切れー！」

走哉のお父さんは、沿道の人ごみをぬって伴走している。ぶつかられた人に、にらまれても、そんなことは全く気にしていない。

走哉のペースが上がった。６番に並ぶと一気に抜き去った。次は失速しだした18番に急接近した。

頑張れ、走哉。あと少し！

陸は両手で自分のももをたたき続けた。

そのとき、突然ひらりが走路に一歩、飛び出した。

あ、ひらり！

陸はあわててひらりの両肩をおさえて、抱えこむように沿道に引き戻した。

「お兄ちゃーん、ガンバレー」

ちょうど陸たちの目の前で、走哉が18番をとらえた。一気に抜き去って駆け抜けていく。

ついさっき、くだけそうだった背中はピンとはられ、脚は力強く地面を蹴《け》りだす。

その背中にだけ光が当たっているような、そこだけ神聖な空気に包まれているような、不思議な感覚が陸をおそった。

突然、頭の中に聴いたことのあるメロディーが流れ出した。

クラリネットの音色。小鳥のさえずり。

ハッとした。

こないだお母さんに無理矢理連れて行かれた、有名なピアニストが出演するクラシックコンサート。ほとんど寝ていたのに、急に目が覚めた。

いま、小鳥が鳴いてた？

本当は、有名でもなんでもないクラリネット奏者のソロだった。

あまり見栄えのしない中年の男の人が、控えめに立ち上がってクラリネットを奏でている。でもそこから、耳をくすぐるような小鳥の軽やかな鳴き声が、あふれるようにこぼれ、ホールに広がっていく。

気付いたら両腕に鳥肌が立っていた。

あのメロディーが、今、頭の中で奏でられている。

走哉は31番も抜いた。

「ひらり、ゴールの方に行こう」

今、四位に上がっているはずだ。

陸は、ひらりの手をつかむと、沿道をかきわけるようにして、ゴールラインに急いだ。

ゴールラインが近づくと、すでに何人もゴールをしていて、いっそうのにぎわいを見せていた。陸はひらりの手をかたくにぎりなおして、ぐいぐいと前に行こうとしたが、人がいっぱいで思うように進めない。

「いやぁ。なかなか素晴らしい走りだったたな」

どこかの陸上部の監督なのだろうか、それとも一般のランナーだろうか。黒のジャージのトレーニングウェアを着こんだ男の人が、うなるように言っていた。

陸はちらりとその顔を見た。真っ黒に日に焼けた男の人が、ランナーたちを凝視している。

「あ、お父さん」

ひらりが左手の方に、頭ひとつ大きいお父さんを見つけたようだ。

やっとの思いで、お父さんのところまでたどり着いた。

走哉のお父さんは、笑うでもなく、きびしい感じでもなく、なんとも読みとりがたい表情をしている。陸の胸がかちんと固まる。

「お兄ちゃんは？　お兄ちゃんは？」

ひらりがお父さんの服をつかんで、お父さんを見上げる。

「うん、三位だった。あいつ、よく頑張った」

陸はそっと目を閉じた。しずかに鼻から息をはきだした。止まっていた血がゆっくりと流れだすみたいだった。

「やったー!」

ひらりがあたりかまわず、ジャンプした。

ゴールから横に入ったあたりに、康介たちのゼッケンが見えた。

陸が近寄っていくと、走哉は康介たちに囲まれてあおむけに横たわっていた。まだ目をつぶって荒い息を天に向かってはき続けている。

「あ、陸!」

ジュンが陸に気がついた。

「みんな、すごかったね」

「りく〜。応援に来てくれてたのかよぉ。ありがとぉ」

大樹が陸の首に手を回した。

「走哉、ほんとよくやったな!」

いつも冷静な康介が興奮している。

「すげぇラストスパートだったな」

大樹の鼻息も荒い。

「本当に、銅メダルおめでとう」

陸の顔にもしみじみと笑みが広がった。

そのとき、目のはしにヒロシの姿が見えた。松葉づえに体重をもたせかけ、しおれた木のように立っている。

陸はそっとヒロシに近づいた。

「ヒロシ……」

陸が声をかけると、ヒロシは暗い目をして、言葉を落とした。

「優勝できなかった……。あんなにみんなで練習してきたのに。優勝できなかったのは、おれのせいだ」

「………」

綿がのどにつまったみたいに、言葉が出てこない。それでも何か、と思って口を開きかけたとき、すぐ後ろで康介の声がした。

「なぁ、ヒロシ。そんなふうに言うなよ。走哉、よくやったじゃないか」

康介がヒロシの肩に手を置いた。

「そうだよ。走哉、今までで一番速かったよ」

いつの間にか、みんなも近くに来ていた。

「だからメダル取れたんだ」

大樹もジュンも口ぐちに言った。

「そう……だな」

ヒロシがゆっくり顔を上げた。

「ヒロシが毎日練習で、リーダーシップとってくれたおかげで、おれたちこんなに強くなったんだぜ」

康介が言うと、大樹も便乗した。

「正直、ちょっときつかったけどな！」

ドッと笑いが起きた。


陸は、空を見上げた。

（みんな、いいなぁ）

真っ青な空はどこまでも高い。

空の果てはどうなっているのだろうか。

そのとき、どこからやってきたのか、一羽の小鳥が陸の頭上を横切った。

細くて弱々しい小鳥は、黒くてつやのある、しっとりしたつばさを懸命に張っている。陸は小鳥に目が吸い寄せられた。

最初はおぼつかない飛び方だったのが、しだいに流れに乗り弧を描きながら、空高く舞い上がっていった。やがて小鳥は、黒い点になって見えなくなった。

ゆっくりと胸いっぱいに息を吸いこんだ。

ぼくも、あの小鳥みたいに飛んでみたい。

みんなみたいに、走哉みたいに、飛んでいきたい。


（飛んでいくんだ）


気持ちのいい風が吹き抜けた。

陸の前髪が流れて、おでこをくすぐる。

マフラーの先っぽが、風に乗ってひらひらなびいた。

あとがき

昨年の秋、子どもたちをディズニーランドに連れていったある晩のことでした。最後に乗ったスペース・マウンテンでへろへろになり、わたしってこんなに体力なかったっけと、めっぽう自信をなくし、とにかく無事に横浜まで帰らねばと、血眼になって夜の首都高を運転しました。

実はこのころ、体力だけではなく、創作にもすっかり自信をなくしていました。わたしはこのまま芽が出ることなく、一生勉強で終わってしまうのかも知れないと。

ところが、疲労の極みで家にたどり着いたわたしに、突然のチャンスが舞い込んできました。同人誌に掲載された「駅伝ランナー」を読んでくださった、KADOKAWAの編集者の方が、コンタクトを取りたいとおっしゃっているとの連絡が入ったのです。

この編集の岡山智子さんとの出会いがなければ、わたしは今も飛び立てない小鳥だったかも知れません。原稿用紙二十数枚だった「駅伝ランナー」を長編に書き直すことを勧めてくださり、熱い励ましのおかげで、念願のデビュー作を完成させることが出来ました。

書きながら、書くことと走ることは似ているのではないかと、ふと思いました。音や映像にたよることなく、言葉だけを紡いでひたすら文章をつづっていくことと、ラケットやボールなどを使わず、自分の足を動かすだけでひたすら前に走っていくこと。この単調で孤独でストイックな作業にいったん魅せられてしまうと、どんなに落ち込んでもやめたいとは思わない。やめられない。

そんな想いがわたしと走哉の中で通い始め、走哉や陸のことが愛《いと》おしくてたまらなくなりました。

人はだれしも、ときには卑屈になったり、コンプレックスを持ったりするものだと思います。でも、人には見られたくないようなそんな思いをかくしながら、前に向かっていける強さも持っていると信じています。

編集の岡山智子さん、帯の推薦文を快諾してくださったあさのあつこさん、かっこいい走哉のイラストで表紙を飾ってくださった佐藤真紀子さん、本当にありがとうございました。

デビュー作として、身に余る光栄です。

切磋《せっさ》琢磨《たくま》しあい、いつも励ましてくださった創作仲間のみなさん、ありがとうございました。

きっと天国で小躍りしながら喜んでいるだろう父、本が出版されたらあの人にも贈ろう、この人にも、とずっと楽しみにしてくれていた母、夢に挑む勇気を与えてくれた兄、いつも支えてくれてありがとう。

そして、どんなときも書くことを応援し続けてくれた夫と子どもたち、ありがとう。

最後に、この本を読んでくださったみなさま、本当にありがとうございました。

二〇一五年　九月

佐藤　いつ子

駅伝《えきでん》ランナー

佐藤《さとう》いつ子《こ》

平成27年 10月25日　初版発行
令和元年 5月15日　再版発行

発行者●郡司 聡

発行●株式会社KADOKAWA
〒102-8177　東京都千代田区富士見2-13-3
電話 03-3238-8521（カスタマーサポート）
http://www.kadokawa.co.jp/

角川文庫 19409

印刷所●株式会社暁印刷　製本所●株式会社ビルディング・ブックセンター

表紙画●和田三造

ISBN978-4-04-103625-9　C0193

角川文庫発刊に際して

角川源義

第二次世界大戦の敗北は、軍事力の敗北であった以上に、私たちの若い文化力の敗退であった。私たちの文化が戦争に対して如何に無力であり、単なるあだ花に過ぎなかったかを、私たちは身を以て体験し痛感した。西洋近代文化の摂取にとって、明治以後八十年の歳月は決して短かすぎたとは言えない。にもかかわらず、近代文化の伝統を確立し、自由な批判と柔軟な良識に富む文化層として自らを形成することに私たちは失敗して来た。そしてこれは、各層への文化の普及滲透を任務とする出版人の責任でもあった。

一九四五年以来、私たちは再び振出しに戻り、第一歩から踏み出すことを余儀なくされた。これは大きな不幸ではあるが、反面、これまでの混沌・未熟・歪曲の中にあった我が国の文化に秩序と確たる基礎を齎らすためには絶好の機会でもある。角川書店は、このような祖国の文化的危機にあたり、微力をも顧みず再建の礎石たるべき抱負と決意とをもって出発したが、ここに創立以来の念願を果すべく角川文庫を発刊する。これまで刊行されたあらゆる全集叢書文庫類の長所と短所とを検討し、古今東西の不朽の典籍を、良心的編集のもとに、廉価に、そして書架にふさわしい美本として、多くのひとびとに提供しようとする。しかし私たちは徒らに百科全書的な知識のジレッタントを作ることを目的とせず、あくまで祖国の文化に秩序と再建への道を示し、この文庫を角川書店の栄ある事業として、今後永久に継続発展せしめ、学芸と教養との殿堂として大成せんことを期したい。多くの読書子の愛情ある忠言と支持とによって、この希望と抱負とを完遂せしめられんことを願う。

一九四九年五月三日